U0573472

扬州市文艺创作引导资金项目作品

濮颖

中国民族文化出版社

北 京

图书在版编目（ＣＩＰ）数据

我不是嫦娥 / 濮颖著 . –– 北京：中国民族文化出
版社有限公司 , 2023.8
　　ISBN 978-7-5122-1733-1

　　Ⅰ . ①我… Ⅱ . ①濮… Ⅲ . ①短篇小说－小说集－中
国－当代 Ⅳ . ① I247.7

中国国家版本馆 CIP 数据核字 (2023) 第 127139 号

我不是嫦娥
WO BU SHI CHANG`E

作　者　濮　颖
责任编辑　郝旭辉
责任校对　李文学
出 版 者　中国民族文化出版社　　地址：北京市东城区和平里北街 14 号
　　　　　邮编：100013　联系电话：010-84250639　64211754（传真）
印　装　四川科德彩色数码科技有限公司
开　本　889mm×1194mm　32 开
印　张　8
字　数　140 千
版　次　2023 年 8 月第 1 版第 1 次印刷
标准书号　ISBN 978-7-5122-1733-1
定　价　78.00 元

自序："那地方"的烟火 ☯

江苏高邮是我的家乡。里下河水乡广袤的土地、千年流淌的大运河滋养着这座小城，也滋养着生于斯长于斯的我。我沉湎于这座小城的日常，体会着这座小城的冷暖。这里的市井烟火、人间万象，我对其有着别样的熟悉与眷恋。

小说是生活的观察和积累，烟火、市井、风物、人情是生活的基石，也是小说的素材。汪曾祺先生说过，世界上哪有许多惊心动魄的事呢？写小说就是要把一件平平淡淡的事说得很有情致。汪曾祺是高邮人，我所工作的学校就是他曾经的母校。受先生的影响，闲来无事，我总喜欢到处走走看看，长街小巷、市场戏院，里面总有看不完的景致，听不完的悲欢。百姓生活中的微苦与轻甜是人世间的温暖所在，正如《包子太忙》中的郝英莲、郑大眼，《菜市街没有多余的土地》里的许良娣、张胜利，都是底层人物的代表，他们为生计奔波，执着地坚守着生活的庸常。那些看似波澜不惊的背后，有着常人无法体会的人生况味。

我是20世纪90年代后期搬迁到菜市街的。菜市街是个城中村，这里的居民世代以种菜为生，在这里，我亲眼见证了村镇的变迁和菜农身份的转换，以及在这过程当中人与人关系的微妙变化，验证了大时代背景下人物命运的浮沉、物质生活与精神层面的相悖。

高邮是一座"慢城"。"早上皮包水，晚上水包皮"是小城慢生活的真实写照。"皮包水"就是吃包子，小城包子铺比比皆是。一年四季，无论晨昏，我都会在包子铺氤氲的热气中看到一张张红扑扑的脸。不知为何，这些粗糙的、微黄中透着两块红晕的脸庞和菜市街新老居民的生存状态一直沉淀在我的心底，也成了我创作的动力。《包子太忙》里的郝英莲跟天下所有的母亲一样，为了让子女过上更好的生活，为自己，更是为女儿改变农民身份，从农村来到城市，用最廉价的劳动力和男人一样打拼，尝遍艰辛，甚至不惜丢失自尊。而当历尽磨难终于成了新城市人，却由于缺乏对子女的教育而酿成终身遗憾。《我不是嫦娥》《颐养天年》《蜕变》《吉祥平安》《行走的家园》等，都是以女性的视角去发现挖掘似乎合乎伦理，都在情理之中，却又超出平常意义上的人生经验。如果说上一部小说集《凤栖梧桐》完全是一种原生态的创作，是凭借着悟性得益于自己神思的感性叙事，这部小说集《我不是嫦娥》里则有了更多的思考和追问，有了更加开阔的时代视野和历史意识。

短篇小说如何设计自己的故事和时间，是我在创作中一直思考的问题。我的家乡有句俗语"螺蛳壳里做道场"，用这句话来形容我的小说比较贴切。在这部小说的创作中，我始终将人物关系作为小说叙事的核心，把人物构建在短暂的叙事"行动场"中。随着空间与时间的交替，在叙述视角的变换中，人物形象逐渐清晰、丰满，故事情节也随之慢慢展开。"在失望与希望中徘徊"是生活的主调，也是这十几篇小说里蕴含着的"内在矛盾"，也正是这两种矛盾互相交织构成了这部小说集的主旨。

人与城之间互文式的辩证关系也一直在影响着我。汪曾祺先生一直把高邮叫作"那地方"，这也许就是"那地方"对高邮人的成就，也是高邮人对"那地方"的成全。

　　　　　　　　　　　　　　　　癸卯初春于高邮棣棠书社

目录

contents ●

包子太忙 ◗

　　郝英莲卖完最后一个包子的时候，路灯还没有亮。大街上的行人比以往更多一些。快到年末了。郝英莲抬眼看了一下还亮着的天空，估摸着女儿很快就会从"大智培优"回来。跟以往一样，骑着暑假时刚换的橘色电瓶车，右手握着车把，左手握着一杯奶茶，耳朵眼里塞着一只乳白色的蓝牙耳机。因为半张脸靠着奶杯，这使得郝英莲根本就看不清她的表情。然而她知道，女儿多半沉着脸，小小年纪，好像这个世界就跟她有太多的过节。郝英莲怎么也想不出来女儿的脸什么时候开始从圆变长的，就像不知道这张脸上的表情什么时候从天真变得矜持一样。随着这些变化的，还有女儿的身体。直到如意馄饨的老板娘像发现新大陆似的尖叫："天呢！小雅发身子了！两只胸，啧啧……"

说着拿眼看一眼躺在竹抽屉里的包子。郝英莲的脸一下子就红到了脖子根，并下意识踆了下自己那对高耸的、把外衣撑得有点走样的胸脯。

　　天色就在眨眼之间暗了下来，快得叫人来不及细想。紧接着街灯与霓虹就交错出迷幻的色彩。在郝英莲的眼里，夜晚的城市除了漂亮，还有白天没有的那种舒坦。女儿还没有回来，今天是本学期的最后一天课，培优班的老师一定还有许多的事情布置，甚至要留下一部分学生打扫卫生。说是培优班，其实就是补习班。在这个城市里，像这样的机构有很多。除了在学校，女儿的其余时间都被郝英莲丢在这样的机构里，从一年级到高中从来没有断过。郝英莲记得她们刚来到这个城市的时候，为小雅找到了一家除了管饭还可以辅导家庭作业的地方。它有一个叫人特别放心的名字，叫作阳光托管。小雅每天回家都会抱怨小饭桌的菜难吃。平菇有一股泥土的腥气。还有那个豆腐，像石膏一样涩嘴。辅导老师连普通话都不会说，好多题自己都做不出来。但是郝英莲还得把她丢在那里。托管中心在小雅的抱怨声中改成了培训中心。地方也换了一处又一处。培训对象从小学生到初中生甚至到高中生。女儿说自己已经是王牌客户了，补课费却从来没有少过。平菇炖豆腐倒是没有了，僵尸鸡腿倒是隔天一只。郝英莲说咱家的包子也没有因为老客户就打折，照样是菜包子两块，肉包子两块五。她想说，冻鸡腿也是腿，就像咱家的包子有时候也会掺和一点冻肉一样。女儿甩了甩头，扎在脑后的马尾巴也跟着甩了一下，扫在那张与年龄不太相称的有些冷漠的面孔上。

郝英莲盯着店门口那三只空荡荡的大竹匾，包子屁股的痕迹深深浅浅印在竹匾里，一圈一圈，密密匝匝。郝英莲又瞄了一眼挂在墙上的支付二维码，突然从心底涌起一股从未有过的豪迈。明天，腊月二十八。不，后天，年三十。一定到鼎盛购物中心去买一件羊绒大衣，还有，配一双像米老板的老婆脚上穿的那双小皮靴。年三十商家会打好多折扣。

大街上的行人渐渐多了起来，就像一股洪水不经意间就从哪里涌出来一样，汇集到了一起。男人，女人，围着各色的围巾，戴着口罩。大多数人的手里都提溜着一只印着超市名称的购物袋，里面是各色的年货。有人经过包子铺时，郝英莲会用一种略带高亢的语调说道："卖完了！明天来！"

女儿还是没有回来。郝英莲决定先把空竹匾收到店堂里去。这间店堂也是郝英莲家的堂屋。正面墙上挂着一块玻璃镶嵌的画匾，也叫中堂。玻璃的表面已经斑驳不清，以致里面的图画也看不真切，大概是一个山水的轮廓。每年三十晚上，郝英莲会用一头系着一束鸡毛的旧竹竿在有些灰暗发黄的墙面上扫一遍，顺便也在这块匾上晃动几下。郑大眼说用毛巾擦，郝英莲眼皮往上一翻："你来。"郑大眼就不再说话，低下头用一把满是锈斑的镊子继续去拃猪头上的白毛。中堂下的香炉蜡烛台一定是要花力气擦的，郝英莲从来不含糊。香炉里的香灰早已溢出了炉口，在暗黄的条桌上积了一层银色的烟灰。郝英莲不许擦，也不许倒。在郝英莲的眼里，这些溢出的香灰就是溢出的财富，等到正月十五，她会用一把小扫帚小心翼翼地把香灰刷到一只红纸上，然后带出门去，再小心翼翼地把它们撒进护城河的一湾清水里。

郑大眼下班回来的时候，车龙头上挂着一只红色的塑料袋。不用说，里面一定是一块猪头肉，还有半斤花生米。今天是厂里发工资的日子，还有杂七杂八的一点加班费用。郑大眼把塞在案板下面的小方桌往外一拽，酒瓶往桌上一放，就意味着晚餐正式开始。郝英莲看着他倒满一杯红星二锅头，心里直发毛。担心明天一大早又叫不醒他，而这几天正是包子铺最忙的时候。

"腊月的黄土贵三分。"一到年关，什么都涨价。人们就像不在乎钱一样穿梭在各个商场、超市、购物中心。

包子铺对面菜市场的水芹已经卖到八块钱一斤了。豌豆苗更贵，十二块钱一斤。还要抢。简直就是疯了。在老家，每天早上在菜地边上转一圈，随手掐几把，就像薅野菜一样，还带着新鲜的露水。郝英莲的妹妹郝翠莲前些年腊月里来过，除了买些时新的年货，就是在商场特价区的花车里淘几件衣服。每次来的时候总会给郝英莲捎上几十个自家母鸡生的蛋、自己舂米做的糯米粉团，还有自家菜地上掐的一把豌豆苗。郝英莲实在没办法招待她，自己忙得屁股冒青烟。尽管如此，郝英莲还是一再说等忙完这阵子，就叫街对面的小胡家常菜送几个菜过来，但是终究还是会因为忙碌而错过了午饭的时间。郝翠莲一边手忙脚乱地帮她起笼，揭盖，一边在心里盘算着郝英莲一天的收入。等忙到差不多的时候了，姐妹俩就一人俩包子把午饭打发了。郝翠莲临走的时候是带着一袋包子和满肚子的不悦走的。近两年就没再来过城里，或者来过了但没有告诉郝英莲。从冬月初就开始接受包子预订的郝英莲满脑子都是包子，妹妹郝翠莲来与不来，她从来就没想过。眼下上千只包子要用多少面粉？多少鲜肉？一天蒸多少才能赶在年三十前完成？要不要多雇一个小工？按照今年的行情小工的工资要加多少？

米老板的老婆买菜回来的时候帮她带回一把水芹、

一斤豌豆苗。一斤冻肉六块多，胡老板家的槽头肉才四块八。郝英莲接过这两把菜蔬的时候只觉得肉疼。水芹被郝英莲放到一只塑料盆里，加满了水，那是郑大眼从前用过的洗脚盆。郝英莲没舍得扔。豌豆苗用塑料袋包着，放在墙角旮旯。这两样是年三十晚上的前菜，预示着来年安安稳稳，路路顺畅。在郝英莲的心里，这两样蔬菜缺一不可。

郝英莲今年终于可以名正言顺地不回老家过年了，"就地过年"成了她最堂皇的理由。郑大眼才有异议，立即被郝英莲怼了回去："拿钱来呀！"郑大眼立即像被点了哑穴，再不会开口。小雅还没有回来，这让郝英莲有些着急。郑大眼已经倒好了酒，把那只有些瘸腿的塑料凳塞在屁股下面了。塑料袋口已经被扯开，露出一排切得整整齐齐、油光水亮的肉片，上面零星地撒着一些葱花。看起来郑大眼已经有些迫不及待，八个小时的体力活，确实耗尽了他的体力和能量。他急于用一顿饱餐来填充自己的身体，然后去华清池泡一把澡。那是城南一家最老的浴室，一进门就闻到一股热烘烘的、臭脚丫和肥皂水混合的怪味。来这里的浴客们合用公共的拖鞋和毛巾，还有一池漂着一层皂沫的、有些熏人的浴汤。郝英莲反对过，然而反对无效。郑大眼说要的就是这种感觉，一天苦下来，吃二两猪头肉，喝半斤二锅头，洗一把老浑汤，这才叫生活。郝英莲的一家三口难得团在一起吃顿饭。正常都是各吃各的。同一桌饭菜总是吃得七零八落。郑大眼上班，郝英莲照顾生意，小雅大都是点外卖吃。郑大眼时常抱怨郝英莲只舍得给女儿花钱，却舍不得给他买瓶好酒。郝英莲的脸拉得比马脸还长："你跟她比？"郝英莲平时把笑脸都给了买包子的顾客，把温情都给了小雅。对郑大眼确实没有好脸色，更谈不上好口气。这一点让郑大眼感到憋屈，不就是包子铺挣的比我多吗？也不至于总是这样对我横挑鼻子竖挑眼的。郑大眼眼红隔壁的米老板，他有个猫咪一样温柔的老婆。那是一个整天穿着高跟鞋，把圆润的屁股裹在窄窄的裙子里，走路像风摆柳枝，轻声细语的女人。他们就这么坐在明晃晃的店堂里，大门敞开着，来来往往的人总能看到女人给米老板倒酒，给米老板捏背，给米老板削苹果。把郑大眼的心都要看醉了。当然，这是郑大眼的秘密，一直埋在心底。

郝英莲看了一眼已经斟满酒，拿起筷子准备搭手的丈夫，心里有些不快。自己从早到晚就吃了几个包子，喝了两口白开水。你倒一个人先喝酒吃肉了。女儿还没回家，再等一刻饿不死！郑大眼也不悦了，平时不都是这么吃饭的么？有生意没生意都要等，好像坐下来吃碗饭就错过了一个亿！确实，郝英莲的包子铺太忙，从早市到晚市几乎不间断。米老板的老婆偶尔也会来买两个三鲜菜包，每次都会离蒸笼远远的，无论冬夏，看着郝英莲满头满脸的汗珠，总是一副怜惜的口气："钱赚不尽，身体要当心咯。"郝英莲熟练地掀开热气熏人的竹笼，将一个个暄腾腾、胖乎乎的包子夹到准备好的打包盒里，头也不抬地笑道："各人各命！我哪能跟你比哦！"米老板的老婆接过包子："我也是苦命，一天到晚就服侍那个老东西！"说话间眉眼是跳跃的，脸上搽的薄粉便有些散开，露出略显微黄的底色。

郝英莲从不搽粉，最多是冬天的早上，用温水匆匆抹过脸后，挖过一点儿宝宝霜在脸上胡乱地涂抹一下。那是怕被堂口的寒风吹出冻疮来。干这一行的，除了力气，本事就在一双手上。冻坏了双手，就是有牛一样的力气也白搭。好在郝英莲皮实，再冷的风也没有吹破过她的双手，倒是黑黑的脸颊在冬天里总是泛起两团红晕。摸上去有些粗糙，遇到热气的时候还有些痒痒。米老板经常调侃她扛米揉面的样子就是活脱脱的一个女匪。她说要是都像你老婆那样，风吹吹就倒，一家三口吃个屁！郝英莲在家是长女，下面还有两个弟弟和一个妹妹。父母身体一直不好，她从小就承担起家务。风来雨里去的，练就了一身好筋骨，还有浑身使不完的力气。郑大眼叽咕地说过，这叫夯劲。刚到这个城市来的时候，郝英莲干过很多杂活。帮人家带小孩，在服装厂剪线头，也贩过鱼虾。最困难的时候跟在一群浑身酸臭的男人后面踩着租来的三轮车。

郝英莲做包子也是天意。那是合租屋里的一个大姐家里出了点事情，不得已辞去了如意饭店服务员的工作。因为走得匆忙，一时半会儿找不到可以接替她的人。这边老板不肯结账，那边家里催得紧。正是黄梅时节，大姐望着屋檐下没有晒干的衣服，脸比天色还要难看。看见郝英莲浑身湿答答地从门外进来，眼睛一亮。

郝英莲就这样到了如意饭店。玉如意的主打是做早茶。早茶就是包子。郝英莲第一次看师傅做包子的时候竟然傻了眼。这哪里是做点心，分明就是一种表演。一直到现在，郝英莲还记得汤师傅跟她说过的四句话：壮肥大酵，轻肥慢长，紧捏细花，兜汤成圆。前两句说的是发面的过程，后两句说的是包包子的方法。汤师傅如今做不动了，他带出来的徒子徒孙也渐渐地走出了业界，干起更加赚钱的营生。只有郝英莲这个旁听生如今继承了他的衣钵，还照着汤师傅的模子做着包子。

都说世上三样苦，撑船打铁磨豆腐。做包子就是第四苦。十几年来，除了过年那几天，郝英莲硬是没有睡过一天的好觉。夏起三更，冬起五更。洗案板，生炉子，剁肉馅……满城还在沉睡的时候，郝英莲早就在昏黄的灯光下弓着身子，启明星在天上望着她。寂静的沿河大街上就传来一阵阵有节奏的剁肉声。笃笃，笃笃，笃笃，笃笃笃。

就在郝英莲准备出门看小雅有没有回来的时候，手机响了起来。是郝翠莲发来的视频。不用问，那是询问郝英莲回家过年的事情。屏幕上的郝翠莲显然被美颜过了，原本粗糙的皮肤变得光滑细腻，连法令纹都不见了。看起来像是年轻了十岁。嘴唇红润，像涂了一层薄薄的唇膏。

"啥时回啊？"

"不回了。"

"去年没回，今年也不回？"

"店里忙，走不开。"

"又不会忙到三十晚上。老娘叨咕好几天了。"

郝英莲沉默了片刻："等下，丫头还没回。我出去迎迎她。"

郝翠莲哦了一声："有点想丫头了。"

挂了郝翠莲的电话后，郝英莲心里就七上八下起来。像似有两个小人在打架一样。去年，包子铺前前后后停了近俩月。开头几天还好，自己解嘲说这是老天放她假呢，生怕把自己给忙死了！可越往后，心就揪得越紧，就像扎紧了的橡皮筋，随时要断裂。个体经营户好比鸡寻食，有一口噎一口。一天不开门，一天就没收入。那两个月的煎熬像火烧心一般。今年无论如何不能回去。郝英莲害怕去年的情景再现。想到这里，她赶紧将兜在下巴下的口罩拽了上来，严严地遮住口鼻。巷子里冲出来一个骑电瓶车的小姑娘，像是小雅。到了近前一看却不是。小姑娘扎着跟小雅一样的马尾，耳朵上也别着跟小雅一样的蓝牙耳机。现在的孩子咋都长成一个样呢？但是小雅今天梳的什么辫子，郝英莲不知道。她只记得小雅小时候最怕自己给她梳头，嫌橡皮筋扎得太紧，经常龇牙咧嘴哇哇叫，还蹿来蹿去地躲着。郝英莲拿着塑料梳子跟着她后面追，一边追一边骂："死丫头！再磨蹭早饭都吃不成！"现在的小雅早就不用她梳辫子了。她自己会扎各种各样的发式，郑大眼说，这丫头现在是一天一出。有时候头发扎的像鸡窝，衣服短得露肚脐眼，实在不像样子。郝英莲就纳闷了："我怎么就没发现呢？"

　　小雅一定是被留下来打扫卫生了，今天是补习班的最后一天。说不定还要帮老师在那两扇大玻璃门上贴副对联，再贴上个福字。这丫头虽然学习不上心，做事还是挺玲珑手巧的。家里的门对子都是他们父女贴。年年贴的门对子都一样：恭喜发财，福星高照。对子是当地的书法家写的。

每到腊月，这个城里就会有一群人到各个社区去写春联，送福字。免费。郝英莲在一沓红纸堆里左挑右拣，最终挑了这一副。简单明了。还顺口。看着就觉得财气满满的。

补习班会贴什么样的门对子，郝英莲实在是想不出来。但是她肯定不会跟自己家的门对子一样。虽然办补习班与卖包子一样，最终都是要赚钱，那毕竟跟包子铺不一样，那是有文化的地方，不会表达得这么直白。但是福字应该都一样。谁不想做个有福之人呢？可是，自己到底有没有福气呢？郝英莲看着街上的涌动的人流，心里突然泛起一阵莫名的伤感来。每天半夜三更起来忙到天黑。吃过晚饭连洗澡的力气都没有。从初五忙到年三十，从没有闲下来好好看一看这座已经生活了十几年的城市。东区的房子买了，卡上的积蓄也有了，自己却像开足马力的机器一刻也不能停下来。

春节肯定是不能回去过的。郝英莲再次下了决心。初一到初五得好好休息，把这一年缺的觉全部补回来。然后好好去逛逛公园、商场。没事就躺在床上。人跟机器一样，一年总要有一次整理与大修的。除了这些，郝英莲的心里还有自己的小九九。去年虽说少了两个月的收入，但是因为没有回老家过年，基本上也算收支平衡。这几年连自己的父母都向着家里的兄弟姊妹，甚至是村里的同宗亲戚。真把自己当成发大财的主了。每次回家过年，母亲总会指派郑大眼挨家挨户去送年礼。那些叔伯大妈也不知道是哪门子宗亲，送年礼就不谈了，还得给这些人家的小孩子发压岁钱。郝英莲不乐意，但是拗不过母亲的固执。郑大眼这个缺心眼的，也跟在后面帮腔："一年就这么一次，咱妈要的就是个面子。再说了，人情不是钱，一钱还一钱。你花的钱人家迟早都会还。"郝英莲就这样被堵住了嘴巴。也不知道从什么时候定下的规矩，郝英莲发的压岁钱必须是要比别人家的多。也就是说给小雅的压岁钱一定要比给表兄弟姐妹的少一点。想到自己一滴汗珠子摔八瓣，一分钱恨不得分两半，才辛辛苦苦在这个城市里有了安身立命之所。刚到城里的时候，一家人上无片瓦，下无立锥之地。没一个亲戚帮过自己。还有小雅，也不省心。从一年级就开始补课，什么高慧课堂，培优家教，范思英语，粉笔作文，名师一对一……学费年年涨，就是考试分数不涨。不但不涨，随着年级增高还往下掉。尤其是英语，几乎没及格过，真是伤透了脑筋。郑大眼说那是英语补习班的名字不吉利。范思英语。范思，所以小雅考到英语就要犯死相。虽是笑话，郝英莲还是给小雅另外找了个英语老师，据说人家是教学骨干，还是什么带头人。可是一年教下来，小雅的英语依旧没有任何起色。唉！自己养的，养自己的，还有一个妈生的兄弟姐妹，都没有一个得力的。郑大眼，这个枕头边上的人，头脑简单得要命，处处充冤大头。他是巴不得回老家过年去，从早到晚坐在牌桌上杀得昏天黑地。乡下人过年兴打牌。上了岁数的看纸牌，又叫作看麻雀：一张狭窄的长条硬纸上印着奇奇怪怪的图案。有人打扑克，也叫掼蛋。大多数打麻将。不管玩哪一种，都要论个输赢。郑大眼在城里一年到头也没摸过麻将，哪里是人家的对手？看着郑大眼端着茶杯去打牌，郝英莲气就不打一处来。因为她知道，郑大眼每次都会输得鼻塌嘴歪地回来。而只有在老家过年的这五天里，郑大眼才会挺直胸脯，像个一家之主的样子。而郝英莲就是一副贤妻良母的模样。一阵风吹过，她用手紧了紧有些分开的衣服前襟，突然她就想起城管执法的老管来，那年夏天，认识了老管，她才能从家里挪出屁股大的地方，在门口搭了个两平方的小天棚。后来，只要有检查，郝英莲都会先得到消息，事先将摆在天棚下的家伙什再挪到屋内来。就从那时起，每到逢年过节，郝英莲都会给老管定制一百个包子。郝英莲给老管做包子很用心。青菜馅的必须用"苏州青"，而不是包子铺里卖的"大头青"。肉包子的馅必须是黑猪肉。这些都好办，最难搞的是五丁：

鸭丁、肉丁、笋丁、海参丁、香菇丁。这些细丁都是郝英莲一刀一刀切出来的。切好的丁分开炒。荤的先下锅，煸炒出油后放入其他丁，原汤烧开，小火收汁，最后挂芡。这样的馅心才香嫩肥美。包包子。馅口口一样平，包子皮在手心拍，皮底部正好在手心的凹陷处，这样才不会露出馅。郝英莲包出来的包子俏整，中间一剖，两边均匀。老管跟郝英莲说过，以后不用送包子，吃不完怪麻烦的。郝英莲笑笑，依旧不折不扣地包包子，送包子。

风更紧了一些，还是没见小雅的影子。这让郝英莲有些担心起来。这几年，小雅越来越不爱跟他们说话了。好几次家长会上，老师都单独留下郝英莲，叫她平时和孩子多沟通，多关心她的成长，还有一个很时髦的词，叫作陪伴。郝英莲很紧张，她不停地问老师，小雅在学校是不是犯了什么错？老师说错倒是没有，只是孩子不太合群，也不爱开口讲话。郝英莲这才舒了口气。睡觉的时候，郝英莲把老师的话转达给郑大眼，郑大眼呵呵一乐："不爱讲话是遗传，她老子我就不喜欢讲话。是我亲生的！"

远远地，郝英莲就看到那个补习班的门楼了。两扇厚重的玻璃门上贴得既不是对联也不是福字。新年快乐四个血红的大字分外显眼。跟这几个字对称的，是一排英文字母，不用说，肯定也是新年快乐。玻璃门雪亮的，门檐下的红灯笼低眉顺眼地立成一排。门前空荡荡的，一个人也没有。郝英莲的心紧了一下。就在她掏出手机准备给补习班老师打电话的时候，一个陌生的电话号码急匆匆地打了进来……

郑大眼急急忙忙赶到医院的时候，身上还带着一股酒精的味道。这种浓烈的味道使得护士站的白衣天使们皱紧了眉头，眼睛里分明带着一种不屑的神色。郝英莲看见郑大眼的那一刻，突然就扭开身子，将那双包包子的大手捂在滚烫的脸上，嗓子里发出含糊不清的音符。郑大眼盯着手术室紧闭的门，嘴角上下牵动。他本就很大的眼睛此刻出奇地大，大得空荡荡的。直到瞳孔里印出门上的妇科两个字来。

郝英莲抖抖索索地打开小雅的书包。里面几本补习资料，一支眉笔，一只口红，还有一只镶嵌着金边的小圆镜。再往里掏，郝英莲的手碰到了一只还微微发烫的手机。郝英莲颤抖着手点开手机屏幕，屏幕上一个男孩正与小雅热吻，男孩一只手揽着女孩纤细的腰肢，一只手捏着她裸露出半边的胸脯。郝英莲一阵眩晕，蓦然，她的眼前有无数只包子飘过。紧实饱满，热气腾腾，一只只秋鱼嘴向上翘着，仿佛一群鲫鱼正在喋水。接着，郝英莲用小雅的生日解除了密码，直接进入了小雅的微信。她的朋友圈里空荡荡的，荒芜得有些凄凉。偶尔有几条，郝英莲也看不懂。好像是什么电子游戏。她的个性签名也没什么特别：开开心心每一天。郝英莲突然发现小雅的通讯录中没有自己的名字。她感到奇怪并有些慌张。难道是女儿把自己给删了？在郑大眼的提醒下，她掏出自己的手机，给小雅发了一条信息。只听到叮咚一声，小雅的微信亮了。打开对话框，那是郝英莲刚刚发出的一串拥抱。原来她还在小雅的通讯录里。只是昵称改了，原来是妈咪，现在改成了"包子太忙"。

● 菜市街没有多余的土地

　　菜市街是在凌晨三点十四分左右被一阵巨大的撞击声惊醒的。巨大的闷响里还夹杂着一道尖锐的嘶鸣，像一道闪电撕开沉闷的天幕。这两种混响几乎要将整个菜市街在微醺的夜色中掀翻。菜市街的居民在响声中陆续醒来，在各自的床上发出一些窸窣的声音。菜市街一下子就这么醒了。各色光影与声音在凌晨的雾霭中穿梭，好像要把这层薄膜捅破。一辆加长的卡车停摆在石婆婆豆腐店的门前，车头硬生生地别向一边。这辆卡车是外地牌照，被撞死的是菜市街的老居民，老光棍仁发。街面上的鲜血很刺眼，浓稠里还散发出一股热腥的气味。满地滚落的蔬菜上全都沾上了仁发的鲜血。这样的气味让菜市街的居民心里发憷。他们见过鸡血鸭血，最瘆人的不过就是狗血，那是小郭酸菜鱼的老板，就是小郭，用一块别人丢弃的砖头硬是把他家那只白狗的狗头拍得粉碎。那个寒冬的夜晚，狗的惨叫声让菜市街的居民从梦里醒来，不过谁都没有起床。竖起耳朵听了两声，又翻身打起冗长的呼噜。大家都知道那是郭老板家的狗。都说杀鸡骇猴，郭老板是拿狗的贱命来吓唬他那个好吃懒做不安分的老婆。果然，那只狗只叫了几声就没了声音，只听到咚的一声，郭老板把杀狗的凶器扔到了门前的垃圾桶里。从此以后，郭老板那个长得颇有一番味道的老婆每天准时出现在摊位前，跟她的丈夫一样，满身沾满了香菜、葱蒜和菜籽油爆炒后的特殊味道。油光水亮的发髻上偶尔也会粘上几片灰暗的鱼鳞，在阳光下反射出惨淡的光。

天亮的时候，菜市街出车祸的事情就在面条碗里、烧饼炉里、油条锅里、鱼摊上、肉案上传播开来了。这天的菜市街因为这条新闻显得格外热闹。菜市街的人一边干着手里的活，一边讲述昨夜的车祸。仁发的死让大家感到难过，但是人们到底稀奇的是这辆卡车怎么会开进菜市街来的。菜市街其实不是街，就是一条稍宽的巷子，更不是什么重要通道，菜市街的右手边是运河大堤，左手边是珠光大道。这两条路又宽又大，四通八达，尤其是珠光大道，八车道的柏油路赛过高速。这个半吊子司机在这样一个雾霭的凌晨，用沉重的车轮彻底宣告结束了菜市街的最后一名菜农。

　　这是一个阴冷而又沉闷的早晨，许良娣一直簌簌发抖。她做梦也没有想到，张胜利居然会把车开进巷子里来，更没想到会撞死大早起来贩卖蔬菜的仁发。尽管菜市街的居民平时总是不待见仁发起早贪黑不要命地起菜卖菜，还有人开玩笑地骂道："哪天你就死在这菜上。"但是老仁发终究还是死在了菜上的事实还是让街坊们不能释怀。他拼了老命圈起来的那一块菜地里还有他刚刚迁进去的一座新坟，上面立着一块粗糙的石碑，碑上刻着同样粗糙不堪的字体：先考某某，先妣某某。估计过不了几天，这些冰冷粗糙的石碑连同那些长在地里的蔬菜就会被某个部门派人清理掉，然后用一层水泥覆盖起来，外围砌一圈半人高的围墙。围墙上面用石灰水刷几个大字或是贴满花花绿绿的广告纸。白天，猫狗在里面打架，鸟雀也不会闲着。夜晚，除了几点昏黄的路灯照着，别无其他。谁也不知道这个地方将来会干什么，但是有一点菜市街的人都知道，从此以后，这里再也没有多余的菜地。

　　许良娣不时低头看一眼紧握在手里瑟瑟发抖的手机。手机在她的抬手之间不断地亮屏又黑屏，就是没有张胜利的消息。她知道随着这起事故，她与张胜利的故事就会在菜市街传遍，她迟早一天会被菜市街的邻居一人一口吐沫地淹死。小郭酸菜鱼家那只冤死的白狗此刻就像一块白色的石块压在她起伏不定的胸脯上，巨大的恐惧像潮水一样把她淹没，这让她体会到了溺水的感觉。许良娣不停地用手去抚按自己的胸口，两只软绵又结实的乳房此刻也随着激烈的心跳不停地颤动。

张胜利开重型卡车。饥饿和寒冷是他生活的常态。他告诉过许良娣，他的家在千里之外的坝上。那里天高气爽，绿草如茵。许良娣却说这辆巨大沉重且破旧的卡车才是他的家。张胜利一年有三百天就拖着这个家四处奔跑。他在拖着这个家奔跑的时候常常会想起坝上的大风，还有成天拖着鼻涕，说话含糊不清，却跟他一般高大的儿子。每次想到这些，他会加大脚下的油门，那个时候，省道，县道，尤其是乡村公路上还没有那么多的测速点。张胜利对自己的车技深信不疑，他天生就是为车而生的人。在部队的时候，他是一个汽车兵。他迷恋汽车，就像男人迷恋女人。他一心想着退役后到某个部门做一名小车司机。他没想过自己会拖着一辆破旧的重型卡车跑长途运输，那些大大小小的服务区会成为他孤旅中温暖的驿站。

他没有想到的事情很多，就像从没想到过自己的前程会栽在汽车上一样。要不是因为那个冯主任，要不是因为自己憋了一肚子火，要不是自己鬼迷心窍地想着那个唇边一颗美人痣的女人。他的车就不会开到虎头渠里，他也不会从机关出来，从此开着这么一辆像蜗牛壳一样笨重而又老旧的卡车。

那个女人死了。她本不应该死的。她完全可以自己先逃出来，可是她却将那个姓冯的推了出去。张胜利到现在都想不明白，这个女人真傻，姓冯的又不是自己的丈夫，她也不是他唯一的女人，为什么在生死关头就把生的希望留给这样一个男人？就在这之前，女人还曾一把鼻涕一把泪地跟张胜利哭诉那个男人对于她只是酒足饭饱后的一碟开胃小菜而已。女人哭得很抑制，但是胸前起伏不停的波浪还是暴露了她心中巨大的苦痛。那一刻，张胜利感觉自己有些把持不住，尽管他知道自己不能有非分之想。女人哭着就把身体倒向了自己，张胜利清晰地看到她因为哭泣而不住颤抖的双峰，一股浓烈的香水的气息像一条小水蛇一样游进了自己的鼻腔。就在自己情不自禁地用手搭在她耸动的双肩的时候，女人却抬手给了自己一记耳光。

张胜利以为女人一定会将这件事情告诉老冯，可是并没有。女人再见到他后好像什么都没有发生过，可是不知道为什么，以后每一次老冯坐着他开的车去女人住所的时候，张胜利的心里就酸溜溜地难受。

那是国庆假日期间的某一天晚上。张胜利跟家里兄弟们刚喝完酒，带着一点儿微醺钻进了老婆的被窝。就在这时候，老冯打来电话，要出一趟城。张胜利知道，他这是要去东郊接那个女人去邻市过节，抑或叫作度假。他们住在老冯好几年前悄悄买下的一套公寓里。隔着一条马路，有一家私人旅馆，张胜利就住在其中的一间，在劣质的檀香和消毒水混合的房间里随时等候老冯的指令。这两天是张胜利最放松的时候，他可以闷头睡觉，有时候醒来都恍惚分不清早晚。张胜利偶尔也问一下家里的情况。可是那边的声音总是显得那么匆忙又冷漠，就像饭桌上凉透的莜面。张胜利每一次都想在这碗面上浇上一勺滚烫的羊肉汤，再挖一勺红通通的辣椒油。可是冰锅冷灶，连口热水都没有。白天，巧云耷拉着本就松弛的眼皮，腰背弓成晒干的虾米样，操着比自己胳膊还长的铁铲在一口大铁锅里搅和着，老旧的油烟机发出的声响就像夏日的闷雷，压在她稀疏的头顶。苞米粒般大的汗珠就从她的发间、额头、脖项里滚落下来。这是乡里一家养殖场的食堂，除了不买菜，她什么活都干。工资不高，但是包一顿午饭，还有免费的泔水。等到把食堂打扫干净后，巧云就骑着一辆破旧的三轮车摇摇晃晃地从厂门出来。车后拖着两桶散发着油腥味的泔水，车把上挂一只红色的塑料袋，里面是带回家的饭菜。下午在哪里是不固定的，可能是在食品超市里下货，也可能在九妹大盘鸡的门口杀鸡拔毛。

就在张胜利极不情愿地爬出被窝的时候，巧云一把抱住他的腰。"都这个时候了，你还要去跑车？""工作的事情什么时候由得我自己做主了？"张胜利铁钳般的大手硬生生地把巧云的胳膊拽开，随着一声尖叫，巧云黑瘦的胳膊上竟然暴起五根指印。张胜利连自己都不知道他的这种愤怒的情绪究竟是因为什么。一声引擎声响，张胜利载着那辆黑色的坐骑，飞也似的钻进沉闷的夜色之中。窗外的风声好像也含着巨大的怒火，这股怒火就跟此刻张胜利的情绪一样，一点儿都不想克制，把这个深秋所有的含蓄和耐心都丢了，丢在光怪陆离的霓虹里，丢在了高楼的屋顶和梧桐树梢，呼啸来又呼啸去。就像中了魔咒一样，张胜利的方向盘不再听从他的支配，在老冯不停的埋怨女人的惊呼声中，车终于栽进了河里。

张胜利觉得自己真冤。如果说第一次他是被鬼迷了心窍，而这一次，却是因为这个地方正在轰轰烈烈地创建文明卫生城市。自从跑运输后，张胜利每二十天左右要路过这里一次。他每次来这里一般都会在距离菜市街不远的地方找个空旷的处所将车停下，然后去某个浴室洗把澡，在里面叫上一碗三鲜馄饨或是两个插酥烧饼。吃饱喝足后再美美地睡个觉。等到夜深人静的时候，再潜到许良娣的家中。这一次路过这里时，张胜利差点儿认错了路。也就短短两三个月的时间，这个城市发生了巨大的变化，像变魔术一样的神奇。张胜利是半夜赶到老地方的，他看着停满的车位，整齐划一，又看看周围的大大小小的监控，脑门一热，就将车开进了逼仄的菜市街来了。许良娣的屋子很小，是在她娘家西侧的小菜地上建的三间红砖房。跟娘家就隔着一条走路的巷子。除了睡觉，其余时间几乎都在娘家。后来，许良娣的弟弟成家了，弟媳说嫁出去的女儿泼出门的水，哪有出了门的姑娘天天在娘家吃喝拉撒的？于是两座山墙之间又砌了一人高的院墙。许良娣不再到娘家吃饭，连门都很少进了。这几年，几乎没有了什么往来。她每次跟张胜利说到这里的时候，都很委屈，张胜利就说："这样好，要不我怎么也不敢到你这里来。"许良娣就拿胖拳头照着他的肩窝捣一拳，又笑起来。

许良娣从没在张胜利的面前数落过小罗的种种不是。尽管小罗已经三年不回家了。许良娣其实早就料到会有这一天的。小罗家在农村，弟兄多，父母身体也不好。他之所以会跟自己在一起，只是看中了自己在城中村的户口，还有眼下十几亩的菜地。跟许良娣结婚，就意味着小罗会在城边上有自己的房子，将来孩子的户口就会顺理成章地落到城里。更何况，那一年四季绿油油的蔬菜堪比摇钱树，谁都知道种菜要比种田的收入高很多。菜地自然要比农村庄稼地值钱。小罗的脑子灵，目光也长远。他说按照当下的形势，城市在不断地扩迁，菜市街这样的城中村改造势在必行。一旦改造，首先就是征用土地。现在的政策多好啊！利民，惠民，服务于民，绝不会让老百姓吃亏。到时候什么"赔青费""安家费"，包括各种经济补贴的数目不可估量。娶了许良娣，就是新股中签，大概率是赚的。说到底，许良娣对小罗是满意的，就这样，小罗成了菜市街的女婿，许良娣的户头下就多了小罗的名字。菜市街是联合大队的一条主街，也叫菜市口，这里住的全部是菜农，祖祖辈辈以种菜为生。种菜比种地苦，但是收入颇高。菜市街的人很知足，他们常说自己的小日子虽不大富大贵，却也能日见金银。许良娣没上过几天学，从小就跟着父母学种菜。"种瓜得瓜，种豆得豆"。几年下来，也成了种菜的一把好手。她种的黄瓜总比别人家的先开花，果子也长得快一点儿。茄子也一样。有个老上海知青，在城中村做了一辈子的老师。她最喜欢吃许良娣家的茄子。一到初夏，就跑到许良娣家去问"侬家的落苏（茄子）可曾有了？"

　　许良娣笑嘻嘻地从篮子里取出两条尺把长、紫茵茵的茄子来。

"有，今天早上才下的，带露水呢！"

"好呀！好呀！要算钱的哦！"

"自己家里长的，算什么钱！"说着一手把茄子往宋老师手上塞，一手把宋老师往外推。

"这哪能办？"宋老师推辞着，终究抵不过许良娣的热情，拎着茄子笑嘻嘻地回家去了。

种菜辛苦，一年到头人不是在菜地里，就是在去菜地的路上。许良娣却从不让小罗下菜地。她说这个苦差事除了菜市街的菜农，其他人干不来，小罗也一样。一年三百六十天，买苗，种植，浇水，施肥，除草，松土，捉虫，掐尖，打杈，压蔓，上架……一件件都从自己一个人手上过。许良娣的十个指头又短又粗，指甲缝里总是黑乎乎的，用石碱水泡也泡不干净。每天凌晨两三点钟，许良娣就会起来下菜地。她从不用闹钟，怕惊扰小罗的好梦。别人的菜都是头天晚上收好，在村前的小沟渠里泡上一夜的水，第二天大早卖给蔬菜贩子。许良娣都是大早乘着露水下菜，确保蔬菜的新鲜，又没有一点水头。因此她家的菜总是先被菜贩子收走，生意自然比别人家的好。贩过蔬菜，天色微明，许良娣蹬着三轮车，拐到菜市街西头的二子烧饼店买两根油条，舀一碗豆浆，这是小罗的早饭。

小罗终于在城中村改造的节奏中离开了。他是拿着菜地征用的"赔青费"走的。他说自己年纪轻轻的，不能就跟村里的老人一样靠着赔偿款过日子。他要用这笔钱去闯世界，去挖掘更多的宝藏。许良娣觉得他说的有道理。当她看着地里的蔬菜被连根拔起，地上拉起一道道红线的时候，心里头不知道是个啥滋味。她知道整个村里的菜农心里都不是个滋味。尽管大家平常总是骂骂咧咧地说下辈子再也不要做菜农，尽管自己也常常羡慕城里人朝儿晚五，穿戴整齐地出入各个办公楼或是大厂房，尽管被城里人经常嘲笑自己"起得比鸡早，吃得比猪糟，跑得比兔子快"。然而就是这些磨人的菜地，枯燥辛苦的日子让几辈子人的心里感到踏实。再苦再累，总有一年四季更迭的菜蔬让人心安。难怪老仁发拼命要留下这一亩地。他说看不到地里的蔬菜瓜果就等于看不到自己的身家性命，那些安家的赔偿款又不能生根发芽，总有用空了的那一天。

菜市街已经真像城里的街了。几乎看不到城中村的影子。当年的那些菜地已经没了踪影，拔地而起的一栋栋的高楼。这些高楼都有一个高大上的名字：君临天下、紫晶大厦、嘉城首府、湖天福邸……年轻人再也不说自己是菜市街或者是联合大队的了。他们在网购平台上的地址都是某某小区几幢几单元几室。确实，他们很多人已经搬进这些密密匝匝的楼层里，夏天享受空调，冬天供着暖气。门外有动静的时候，都会从猫眼或是门禁里看一眼，然后又踱进屋去，躺在几乎占了客厅三分之一的皮沙发上继续看电视或刷着抖音。厨房餐桌上是还没来得及收拾的碗筷。那些大大小小的碗底总会剩余一些菜蔬。这些菜蔬曾经都长在他们脚下的这片土地上，青枝绿叶，鲜滴滴的。他们不知道老仁发家的丝瓜下锅只要两铲子，一股独特的清香就从锅底窜了出来。黄瓜，矮矮胖胖，斜刀拍几个蒜头，麻酱凉拌。还有番茄，酸甜适口，咬一口，透鲜。更不用说那些冬瓜，茄子，韭菜，辣椒。好吃得很。过去，老仁发家的蔬菜是摆不下来的，老客户都知道他是联合大队的老菜农，他种的菜不打农药不撒化肥，顺应天时。这也使得老仁发的蔬菜总比别家要贵一点儿。菜市街的人都说他是个闷头户，据说信用社的主任看到他都会点头打招呼。老仁发舍不得吃好的，每天最奢侈的事情就是菜快要卖完的时候，许良娣会准时端来一碗堆得尖尖的猪油虾籽面条，干拌。上面还躺着一枚油汪汪的鸡蛋。老仁发接过，三下五除二，吃得滴水不剩。很多时候一碗面要放下来好几回，那是要应付上门的生意，时间一长，碗里的面条就坨在了一起，愈发显得干厚。老仁发压根就不在意，他就图个饱，什么坨不坨的，吃到肚子里都一样。

　　跟菜市街的居民一样，许良娣开饺面店也是半路出家。

比如小郭酸菜鱼，天丝美发，娇妍美容，龙记车行，富达布艺……家家户户的院子都加了顶，改装成门面房。这些门市大都出租给了外地人，什么眼镜店，洗脚房，小菜馆，肉脯鱼市，南北干货，还有的卖蔬菜瓜果。菜市街的菜农变成了市民，都过上了清闲富足的日子。曾经的菜农如今拎着篮子去买菜，也会为了一毛钱讨价还价。卖菜的就半开玩笑："东西好了价格不接受，不少点儿斤两哪个交得起你家的房租钱。"菜市街的居民就哈哈一笑。卖菜的，买菜的，人来人往，热闹得很。就像张胜利对许良娣说的那样：这旮旯风水好。

许良娣说自己不相信风水，但是联合大队确实地势好。这里地处交通要道，四通八达。张胜利就说这就叫作风水。许良娣问："你们那块风水不好吗？"张胜利摸摸头，笑笑说："也好。""那不一样吗？"许良娣也笑起来。张胜利是吃许良娣的面条认识的。许良娣的面馆主要下阳春面，就是猪油虾籽酱油面，撒点葱花和胡椒。这个地方的人习惯吃面条，一条街，甚至是一条巷子里会有好几家面馆。一个种菜的下面肯定不是强项，许良娣当初开面馆就遭到了小罗反对。小罗叫她开间棋牌室，人清闲，钱也来得快。这些年，菜市街就不缺有钱有闲的人。这些人一顿不吃饭不打紧，一天不打牌日子难熬。棋牌室每天上午歇业，下午开门。给客人烧点开水，买点儿劣质的茶叶。煮点茶鸡蛋，买点黄烧饼就对付过去了。许良娣不愿意，她从小就看不惯成天无所事事，打牌喝酒的人。小罗又说干脆就学菜市街的老人，坐家里收租也够一年吃吃喝喝了。许良娣更不乐意了，年纪轻轻的坐家里像个什么样子？想来想去，许良娣决定开家面馆。许良娣下的面条味道不是最好，但是有两点吸引人。一是她家的面头多，二是豆浆不要钱。就凭这两点，许良娣的面馆也在这条街上慢慢地立住了脚跟。

张胜利就是冲着这两点找到了天天面馆。一天的重型卡车开下来，除了满身的灰尘和臭汗，就是咕噜叫唤的肚皮。洗把澡，吃碗面就是他最好的休息和安慰。张胜利在这座城市里吃过很多家下的面条，确实各有特色，难怪外面人都说，来到这座城市不吃碗阳春面就如同到了北京没吃烤鸭，到了上海没吃生煎一样。去别家的面馆吃一碗不饱，吃两碗又嫌肚子胀。他吃面的时候总是想到坝上那个和自己一般高大的儿子。巧云说，石头现在的饭量大得有些吓人。比去年重了很多，一个人已经很难拉得动他了。张胜利想到这些鼻子总是酸酸的。他盘算着等今年攒够了钱一定送石头去市里最好的康养中心。那时候就不跑长途运输了，带着巧云在离康养中心不远的地方盘个摊位，就做这个城市的特色阳春面，生意一定红火。他也想过，自己也会跟许良娣一样，面头堆得高高的，豆浆不要钱。但是他没敢把这个想法告诉许良娣。

天天面馆今早的生意忙得出奇。这也让原本就心慌意乱的许良娣无暇顾及。总是手忙脚乱地出点儿差错。菜市街的老顾客会问："良娣子有心事啊？还是家里出什么事情了？"也有人打趣："小罗今晚回来了？魂不在身了！"许良娣的心就更慌了，前脚刚打翻了醋碟子，后脚就碰倒了豆浆碗。菜市街的人大约是知道许良娣与张胜利交好这件事情的。都是老街坊，哪家的墙不透风？西头邵家的女儿谈了外地一个财大气粗的老板，不出半个月，整个菜市街的人都知道那是给一个比自己还大两岁的人做了后妈。那个说话舌头已经伸不直的老板至今都不肯在户口簿上带上现任老婆的名字。邵大妈逢人就解释，不是人家不带名字，是自己不肯把女儿的户口迁走。谁不知道如今的菜市街不比从前了，户口多金贵！户头上多一个少一个区别大了去！后河边的赖大妈是出了名的快嘴："户口再金贵，也比不上做有钱人家的小老婆金贵！"邵大妈还击得比她还快："千人恶万人嫌，丈夫不嫌自值钱！大老婆也好，小老婆也罢，终归是拿了证，盖了章的！你操的哪门子闲心！"

这几年，菜市街真的就像被金拇指点化过一样，什么都金贵。而且寸土寸金。这也是小罗与许良娣一直不离婚的原因之一。小罗在外有了相好，这在菜市街也早已经不再是秘密。许良娣自然也心知肚明。可是她一样不愿离婚，离了婚，不仅意味着儿子没有了完整的家，父子俩的户口也会迁出菜市街。许良娣每年就会少两份可观的土地征用补贴。如果再赶上房屋拆迁，那就亏大了。这本账不划算。儿子小天从小就跟父亲亲热。这几年一直跟着小罗在外地上学。这一点许良娣没有异议。小天很小的时候就在小罗的引导下喜欢读书。《百家姓》《三字经》背得滚瓜烂熟。听多了，许良娣也记得几句："昔孟母，择邻处。子不学，断机杼。"当初小罗就是用这句话说服许良娣把儿子带走的。他说不能让儿子成天跟一群菜农生活在一起。菜市街的人成天吵死缸丧，连一个像样的小学都没有。就那个上海知青宋老师，普通话也不会讲。哪能办？许良娣服这个理。她的儿子不能跟自己一样，永远窝在菜市街，他应该有更高更广阔的天空。小天也争气，年年都是"四好少年"，还会拉小提琴。逢年过节回到菜市街，许良娣就觉得自己是这菜市街上最幸福的人。

　　没有超出许良娣所料，张胜利夜里跑到自己家中偷情，慌乱中撞死菜农的事情很快抖落了出来。这个消息就像一枚重磅炸弹再次将菜市街掀翻。人们不再热衷于交警部门如何处理这辆肇事车主，而是将曾经对张胜利与许良娣的各种怀疑以及日常生活中的蛛丝马迹都扒了出来。比如，有人经常发现张胜利吃完一个油煎蛋后，碗底下还会藏着一个。有人常看到张胜利和许良娣的眼光对视一下又躲闪开来。那眼神像过电。有人说某天麻将打到下半夜，走到许良娣家后门口尿急，就听到里面传来阵阵哼唧声。开始以为是小罗回来了，小夫妻久别胜新婚呢。还暗自笑了一回。现在回头想想才发现小罗那阵子根本就没有回家。还有人大胆地猜测，张胜利故意撞死的老仁发。因为在菜市街，就属老仁发起得最早，他最有可能撞见凌晨从许良娣家偷偷跑出来的张胜利。而张胜利害怕自己与许良娣的奸情暴露，索性一下子把老仁发撞死……

许良娣不知不觉来到老仁发身前种过的那块菜地上。这是菜市街征地后的这些年，她第一次来。正值黄昏，菜地里悄然无声，各色蔬菜还在，就这样安安静静地待在属于自己的那块土地上，不慌不忙地生长，像极了老仁发生前不急不躁的模样。许良娣摸了摸架下的黄瓜，嫩嫩的毛刺，刺挠得人手心发痒。豇豆也挂了下来，像小姑娘的辫子。落苏头顶着花黄，娇滴滴的样子。想起老仁发说过这块地里的菜蔬就是自己的儿女。如今他留下他的儿女们独守在这块菜地上，自己却匆匆地走了。过不了多久，他的儿女们还会守得住这块菜地吗？脚下站立的土地很快就会建一座现代化的高铁站，菜市街正好就在这座巨大工程的中轴线上，那时候，条条铁轨就像一根根粗大的血管连接各地。不知道为什么，此时的许良娣从未如此迫切地想离开这里。她抬眼向远处看去，天清气爽。一座座崭新的高楼之间是一片片绿水青天。

● 对岸

　　胡玲儿与宋成私奔前一天的晚上，宋成还在舞台上扮演着薛丁山。戴着盔头的他，身扎靠旗，脚蹬朝靴，手执方天画戟，怒目圆睁，活脱脱一派大将风度。七月刚过，正是秋老虎发威的时候，剧场里热烘烘的，几只大吊扇吱吱嘎嘎地转动，热浪却丝毫不减。台下拥满了宋成的戏迷，台上的宋成早已入戏，此刻他已经分不清是在演戏里的角色还是在演自己，他的心里只有江山社稷与樊梨花，只有脱了戏服，走下舞台，胡玲儿才是他心中的花魁。

　　胡玲儿醋心演樊梨花的郑小娟。一听别人夸郑小娟扮相俊美，唱功好，胡玲儿气就不打一处来，眼睛一斜反问道："好什么好？左嗓子，差点一口气唱忒下去。"胡玲儿话不假，郑小娟状态不佳的时候，也有破音的地方。但在一个小剧团里，能有这么个刀马旦已经相当不容易了。

胡玲儿爱挑郑小娟毛病，宋成呵呵一笑马上岔开话题。他与郑小娟一起搭档好多年，走南闯北，跑过不少码头，舞台上也拜过多少回堂了。练功时，他们不用说话，一个眼神就知道对方的意思，平时宋成管郑小娟叫师姐，他是郑小娟口里的小宋。剧团里的人都知道他们感情深厚，要不是郑小娟大宋成七岁，还带着一个三岁大的孩子，他俩早就把舞台上的假戏给真做了。

胡玲儿与宋成相恋前，刚刚大病初愈。这一病害得不轻，硬是把个胖乎乎的邻家小妹活活瘦成了行动好似风扶柳的黛玉。胡玲儿祖父是村里的私塾先生，父亲秉承书香门第的家风，勤学苦读跳出农门，考取师范学校后当了老师，又做了校长。她的母亲在镇上开了一家小杂货店。她家杂货店名副其实，油盐酱醋，香烟老酒，针头线脑，服装鞋袜，五金百货，还有时令水果，到了夏天，门口摆上一只冰柜，拉开玻璃台面，里面花花绿绿的各色冷饮，哪个小孩看了都会眼馋。胡玲儿自小就在旁人羡慕的眼神中长大。

小镇不大，从西到东仅一条街。南北一条大河，又将街一分为二，一座大桥就架在街的中间。桥西有供销社，还有一家工厂。桥东有信用社、乡政府、邮政局、文化站。

文化站连着剧院，胡玲儿的病就跟文化站的夏书明有关。

夏书明，人称夏公子。个头不高，皮肤白皙，戴一副金丝边的眼镜，一年四季，裤子笔挺，中间一条缝火车道一样，一点不打折。夏天的时候，他手里喜欢拿一把纸扇，正面有一行簪花小楷，背后是一团水墨丹青。他喜欢写诗，不讲格律，自由体。诗的意境很朦胧，也很抽象，从蓝色的月亮到燃烧的火焰，从收割的季节到幸福的阵痛……常有人问他："夏公子，你这诗写的什么意思？说给我们听听。"他微微一笑，嘴角呈一弯上弦月，鼻子里轻哼一声："诗不问懂不懂，只问美与不美。"问的人便哑口无言。胡玲儿就被夏书明嘴角的那弯新月与这些看不懂的美好诗句迷倒了。

胡玲儿主动追的夏书明。热辣辣的，就像六月的天气。夏书明的态度却与胡玲儿截然相反，想着法子躲她。胡玲儿一天三趟掉了魂一样往文化站跑，夏书明只要看见她的影子赶紧上厕所，一去就是老半天。胡玲儿就耐着性子等他。文化站的人说起话来跟种田的不一样，喜欢转弯抹角地绕圈子。你一句我一句："夏公子得痢疾了。""哪里，怕是蹲在那里构思他的新诗了。""会不会掉进茅坑里去了，要不谁拿个钉耙把他捞上来？""这个小白脸，一点儿不解风情，人家姑娘追上门来了都不肯照面。"倒是老会计说了句实在话："姑娘啊，你就不要等了。他这样也不是一回两回了，赶紧回去吧！"胡玲儿一张粉白的鹅蛋脸像被涂上了胭脂一般，两只丹凤眼里泪水滚来滚去。胡玲前脚刚走，夏书明就像猫一样轻手轻脚地从厕所出来。面对大家的调笑，他像无事人一样，端坐在桌前又描又画，一张小白脸慢慢染上胭脂红。同事们相视一笑：这夏公子又发"情"了。这"情"当然是诗情。

胡玲儿的脸面全被夏公子扫尽了。她不知道哪里配不上这个书呆子，无论是家底还是长相。想来想去还是觉得夏书明嫌弃自己没有工作，在家跟着母亲开小店。这夏书明还真是个书呆子，他小看了胡玲儿这爿店，就这二十平方米不到的铁皮棚子，一年的毛收入不知道要抵文化站人几年的工资？

胡玲儿没有秉承父亲的好学与勤奋，勉勉强强把初中念完就再也学不下去了。为此胡校长总觉得自己哪里缺了一块，走路总是低着头，连声音都不响亮了，也不像过去那样狠狠地去揪笨学生的耳朵了。从前的胡校长下班后总喜欢拉着棋友下两盘，然后喝两盅。酒不好，粮食白或是大麦烧，菜也不多，常常就着一盘炒花生，一碗腌菜煮毛豆。碰到胡玲儿妈妈高兴的时候，会煮两尾小鲫鱼，一小盘米葱炒鸡蛋。当然这种情况是极少的。胡玲儿的妈妈在客人离开后常常一边收拾残局一边嘀咕："咽，咽，咽，家私都要被你咽了啦。一天不下棋你手痒，一天不咽酒你烧心。家里事从来不问，成天在学校忙忙忙，忙到最后自己姑娘倒成了牵嘴巴。"每次说到这里，胡校长就讪讪地退到一边去，不再讲话。

自从胡玲儿回家守店，胡校长就再也不把人带到家里下棋了，酒却喝得比从前好了，下酒菜也多了起来。胡校长喝得多，吃得少，往往一杯酒就搭一筷菜。胡玲儿的妈就将这些多下来的剩菜放到碗柜里面，第二天中午隔水炖一下就是母女俩的午餐。

胡玲儿脾气犟，吃软不吃硬，那是自小被父母惯出来的。桑树苗子从小没有樶得好，长大成型了还真拿她没有办法。胡校长也动了不少脑筋，找同学托关系想给女儿弄个中专或是技校上上，说起来好听点，面子上也过得去。胡玲儿却死活不肯，她说："你们没让我上戏校，我也不让你们得逞。我什么学也不上，就跟玉芝学缝纫机。"

胡玲儿很小就喜欢看戏，虽然听不懂戏里到底唱的是什么，却喜欢戏里那些花旦与青衣。没事的时候，她也会把自己打扮起来，用红纱巾裹在头上当头套，将毛巾被披在身上，两只手缩在里面当水袖，一翻一覆，一进一退，还真的有模有样。有一年春天，县剧团到学校去招生，胡玲儿毫不犹豫地报了名。来招考的老师将胡玲儿叫到办公室，让她开口唱两句，胡玲儿一点儿也不扭捏，张口就来，那高音清丽华美，听得招考老师嘴巴张老半天合不起来。老师又让胡玲儿走几步，胡玲儿深吸一口气，挺胸收腹，微微踮起脚尖，风摆柳似的从南到北转了一圈。招办老师的眼睛就跟着胡玲儿凤脚步走，眼睛一眨也不眨。胡玲儿从招考老师的神态中得到自信，愈发从容起来，到了老师面前的时候，竟做了一个云手的动作。这个动作谁也没有教过她，都是胡玲儿看着戏里的花旦学来的。

招考老师将胡玲儿的名字慎重地写在笔记本上，并叫她安心在家等通知。一夜之间，小镇上的人都知道胡玲儿被戏校招走了。胡玲儿兴奋地几夜没睡好，梦里的她水袖翻飞，顾盼生辉。一个星期后，招考名单公布，却没有胡玲儿的名字。胡玲儿犹如被人挥了一棒，差点儿晕厥过去。等到老师把失魂落魄的她叫醒以后，她哇的一声哭了起来，据说那哭声穿墙绕梁，全校的师生都吓得不轻。胡玲儿哭着追问老师缘由，老师无奈之下只得告诉她，胡校长坚决不同意，硬是去县戏校将她的名字给勾掉了。放学后，胡玲儿去问父亲，胡校长将喝干净的酒杯往酒瓶上一套："胡家世代没出过戏子。"胡玲儿眼泪汩汩转身去找母亲，想母亲替她说几句好话。母亲看到后，立即背过身去，不一会儿端来一碗青菜豆腐汤。胡玲儿牙齿咬得格吱吱的，心里盘算着下一年的招考。说来也是命，自那以后，剧团就没来学校招过学生，胡玲儿的第一个梦就这样破灭了。

玉芝比胡玲儿大几岁，十八岁时一个人跑到大上海，找到她远房的表姑学缝纫手艺。在上海待了几年，如今回家自己开了一爿裁缝铺，就在胡玲儿家的隔壁。玉芝的手艺好得没话说，无论是裁剪还是做工都很精湛，尤其是烫衣服，特别仔细，反过来掉过去，肩头边角夹缝，一处不落，那只大熨斗在她的手下特别听话，随着蒸汽刺啦声四处游走。胡玲儿问过玉芝，烫个衣服花这么大工夫干什么？玉芝说你不懂，做衣服三分裁，七分烫。

玉芝会动脑筋，最早的时候她把上海的时髦式样做成样品，挂在店门口吸引顾客。直到有一天，她踩缝纫机时抬头看了一眼胡玲儿，立即萌发了让胡玲儿做模特的想法。胡玲儿年轻，身材好，尤其是腰身的比例，匀称极了。从那时起，胡玲儿身上的衣服开始变化无穷，长裙曳地，短裙及膝，风衣夹袄，背心马裤全是量身打造，本就漂亮的胡玲儿因为这些时尚的服饰变得更加妖娆，成了小镇上大姑娘小媳妇的偶像。做衣服，不用说什么样式，只需说一句，就胡玲儿身上的那件，玉芝马上心领神会。

胡玲儿喜欢这样的感觉，她更喜欢跟玉芝在一起。玉芝身上有别人没有的东西，那是她从上海带回来的气息。玉芝肚子的主意也多，到底是走过大码头的。她的裁缝铺里有一只收音机，还有一只小录音机。玉芝喜欢听新闻，听歌曲，更多的时候是听广播剧。玉芝的案板上除了服装杂志，还有一些小说，胡玲儿就是在玉芝的案板上知道了"琼瑶"。胡玲儿没事就喜欢待在玉芝的裁缝铺里，也喜欢将自己的心事告诉玉芝。玉芝的生意特别好，没几年就在镇上的居民区盖了一座二层的小楼，红砖黑瓦外楼梯连走廊，在一片灰瓦平房中间尤其显眼。胡玲儿想跟玉芝学手艺，她倒是没想到将来也要盖一座二层小楼，她只是迷恋玉芝为她定制的各种时装，说实话，这些服装比春晚台上倪萍、郑绪岚穿的都好看。

自从遇到玉芝后，胡玲儿就一心一意地想学缝纫。玉芝跟她说："世上有三苦，打铁撑船磨豆腐，踏缝纫机就是第四苦。没有三年萝卜干子饭，学不到半点儿皮毛。你细皮嫩肉的，大小姐一个，不是做缝纫的料。"胡玲儿不服气，说自己吃得了这个苦，玉芝也就应了她。就这样，胡玲儿半天看着自家的杂货店，半天就跟着玉芝学缝纫。玉芝对胡玲儿一点儿也不保留自己的手艺，胡玲儿跟着玉芝后面，既是师徒更是闺蜜，两人无话不谈。

胡玲儿跟夏书明的事情，玉芝当然是知道的。玉芝并不看好这个夏公子，说他酸文假醋的不直爽。胡玲儿说那叫矜持，玉芝说还有点儿娘娘腔，胡玲儿哈哈一笑，那叫儒雅。玉芝摇摇头："麻油拌咸菜，各有心中爱。你自己喜欢就行。"

胡玲儿这些天真的掉了魂。她只得向玉芝讨主意。玉芝正拿着大剪刀裁一件毛呢的西服，头也不抬，胡玲儿在一边抽抽噎噎，一把眼泪一把鼻涕。等到最后一剪子下去，玉芝将锃亮的剪刀合起来，往剪刀架上一挂，才对胡玲儿说："你想好了，一定要吊死在这棵树上吗？"胡玲儿看着玉芝，重重地点了点头。

那是个月色朦胧的夏夜，胡玲儿借口跟玉芝睡觉没有回家，她却敲开了夏书明的宿舍门。看见粉面桃花的胡玲儿，夏书明懵住了，他站在门前久久不动。胡玲儿娇笑一声关上房门，随手拉灭了电灯。一屋子的月光终于将两个人的影子重叠在了一起。

胡玲儿趴在夏书明并不宽厚的肩上，泪眼婆娑。她问夏书明，为什么像瘟神一样地躲着她？先是埋怨，后是嗔怪，最后变成了低低的软语，后来什么也没有了，只听到彼此的喘息声……

趁着天光未明，胡玲儿悄悄回到了玉芝的住处。看见满脸春色的胡玲儿，玉芝叹了口气，接着追问夏书明书怎么对胡玲儿解释的？胡玲儿小脸绯红："他那是因为觉得配不上我才故意回避我的，他还问我知不知道'近乡情更怯'这句古诗。从前对于我的态度就是这么个意思，这叫什么'情怯'，对，就是'情怯'。"胡玲儿的眼睛里流动着迷人的光彩。

胡玲儿跟夏书明有过那事了，一时间，小镇上传得沸沸扬扬。事情是源于夏书明在县报上发表了一首爱情小诗，题目叫作：绽放的玫瑰。"你犹如一朵娇艳的玫瑰，在我的田野里初放……"诗写得很热烈，也很奔放，夏书明还将样报上的小诗剪了下来，压在办公桌上的玻璃台板下面。窗户纸一旦捅破，反而不要遮遮掩掩了。胡玲儿与夏书明公开了恋情，好得像一个人。

好景不长，随着赵庆芳的到来，这段火热的爱情慢慢降温，直到熄灭。赵庆芳是公社赵书记的小女儿，她跟胡玲儿一样爱上了夏书明。与胡玲儿不同的是，赵庆芳直接将自己的想法告诉了父亲。赵书记到底是一把手，办起事来有魄力，他一个电话打给文化站的刘站长，叫他下班来办公室一趟。就这么一趟，夏书明与胡玲儿的事就黄了。那天，夏书明抓起胡玲儿的手往自己的脸上抡，口口声声骂自己不是人。胡玲儿硬是将手从夏书明的手中挣脱开来。她自己举起手，刚到夏书明的脸边，突然又停了下来，愣了几秒钟后，转身就走，丢下了狼狈不堪的夏书明。夏书明看着胡玲儿跌跌撞撞的背影，长长地吁了口气。小镇上流言四起：胡玲儿被夏书明甩了。当晚，胡校长喝醉了酒，第一次用蒲扇般的大手狠狠打了女儿一记耳光。

胡玲儿认识宋成好多年了，宋成所在的剧团每年都来小镇演出，一演就是十来天，一年要来好几次。其实与其说胡玲儿认识宋成，不如说是认识宋成在舞台上扮演的人物。宋成以前是演小生的：文徵明、唐伯虎、许仙、小方卿，这些男子英俊潇洒，文质彬彬，温柔多情，看得多少大姑娘小媳妇如痴如醉，胡玲儿当然也不例外。后来剧团加新戏，需要武生，宋成也当仁不让，他演杨宗保、薛丁山，一改书生的文弱，好一个相貌堂堂，铁骨铮铮，只要有宋成的戏，戏园子爆满，连走廊上都是加座。小夫妻拌嘴，女人常对男人骂道："呸！你以为你是宋成？！你要是他，老娘我心甘情愿地伺候你一辈子！"郑小娟与宋成多少年来一直演同甘共苦的恩爱夫妻，两人配合默契。那厢只要一个眼神，这里就心领神会了。害得多少女人嫉妒郑小娟，不演戏的时候郑小娟也跟大家一样上码头洗衣服，到商店里买些东西，女人们看见她都斜着眼睛，路都不让，戏里戏外，连自己都搞不清楚。

宋成下戏了。这时候，他才感到有点儿慌张。胡玲儿与他约好在镇东的胡桑田里会合，然后坐上玉芝雇来的拖拉机先到县城，吃了早饭乘船到宋成的老家。宋成的老家与这个县城一湖之隔，都说隔河千里远，隔湖就是万里远了。宋成家穷，自小死了父亲，母亲是个瘫子，还有一个哑巴姐姐。宋成从小被母亲送到戏班子学艺，也是为了混口饭吃。宋成虽然戏多，但还是靠拿工资吃饭，家里的一应开支全靠他一个人。唱戏的走南闯北，一年到头顾不上家，家里多少年都是老样子，也没有像邻居一样翻翻新。母亲也托人给他说过媒，人家上门看见几间破屋，家里一个瘫子，一个哑巴，二话不说就走人，一来二去，宋成的婚事就耽搁了下来。

宋成知道自己一旦离开剧团，不是丢了饭碗这么简单的事情。最可怕的是戏班子少了他这根顶梁柱，将会面临什么？将来他又有何面目面对团长、师傅、同门兄妹，更不敢面对郑小娟。可是现在他却什么都顾不上了，不孝有三，无后为大，他再对不起谁，也不能对不起宋家的祖宗与先人，对不起瘫在床上的老母。胡玲儿能够为他做出这样的选择，宋成不能辜负她。

胡玲儿必须私奔，否则，她与宋成又是一场"孔雀东南飞"。胡校长是不会同意她嫁给宋成的，就像当年他私下划掉胡玲儿报考剧团的姓名一样。他牙缝里挤出来一句胡家世代没有出过戏子的话,是他从骨子里对唱戏艺人的鄙视。胡玲儿与夏书明分手后,胡校长的那一巴掌将她的已经破碎的心再次撕裂。

胡玲儿从夏书明的阴影中走出来,源于玉芝的一句话:"你爱的夏书明,其实就是宋成的影子。"就这一句话,让胡玲儿恍若从梦中醒来。就是那天晚上,她从床上爬起来,破例给自己炒了一碗蛋炒饭,还挑了一勺猪油。吃过饭,洗头洗澡,穿上玉芝给她特制的一条乳白色的长裙,浑身上下散发出夏士莲香皂的味道,好似初夏盛开的栀子花。然后她去看了一场宋成的演出,那天宋成演许仙,郑小娟演白素贞。断桥之上白素贞睹物伤情:"看断桥桥未断我的愁肠已断……"许仙向白素贞赔罪求饶:"都是那法海将我骗……"最后夫妻二人尽释前嫌,恩爱如初。看得胡玲儿心中一波三折,连看了四晚宋成的戏后,胡玲儿鼓起勇气找到了下戏后的宋成。

胡桑田里一片漆黑,鸣虫的叫声伴随着蛙鸣此起彼伏,愈发显得夜色深沉。胡玲儿想起老人说过夜里青蛙叫就是在求偶,不觉笑了一笑。看着手腕上的海鸥表,已经过了十二点,胡玲儿焦急起来,内心又有点儿忐忑,她担心宋成爽约。在这之前,玉芝再三跟自己强调过这件事的后果,胡玲儿都不在乎。她说夏书明早已将她的身体与名声糟蹋坏了，一个名声扫地的女人不在乎让别人再作践一回。女人这辈子图什么？就是一个真爱。玉芝要她想想自己的父母，胡玲儿沉思了一会儿，叹了口气："做校长的父亲已经把我的前程毁了，不能叫他再毁了我的婚姻。过去我小，自己做不了主。婚姻大事不能再由着他了，等到生米做成熟饭，就什么都由不得他了。"

就在胡玲儿神思恍惚的时候，远处传来几声鹧鸪声，由远及近，清脆悦耳，那是宋成与她约好接头的暗号。胡玲儿的一颗心怦怦跳了起来，激动地叫了一声"宋成"……月亮西斜的时候，一辆拖拉机将胡玲儿与宋成拉到了县城。天色刚明，他们又从城西的平津闸乘船往宋成的老家赶去。

当晚，就在宋成一家人欢天喜地的时候，胡玲儿家闹得天翻地覆。宋成不见了，胡玲儿不见了，他们私奔了。这是大家掐着指头算出来的事情，可是谁也不敢说破。作为胡玲儿最好的朋友，玉芝自然就是胡校长夫妇盘问的对象。玉芝开始还拼命为胡玲儿隐瞒，只说自己毫不知情，怕这事牵扯到自己。后来终究抵不过胡校长的威严与胡玲儿母亲的可怜，还是将事情一五一十说了出来。胡校长听了一言不发，只看见他的脸色渐渐变得苍白，一双眼睛也慢慢变红，第二天突发小中风住进了医院，这一住就是一个月，出院的时候，人瘦了一圈，头发灰了一半。胡校长不能喝酒了，却学会了抽烟，在他的面前没人敢提胡玲儿一个字。他发了毒誓说自己没有这个丫头，生死不再相认。

宋成不再唱戏了，他在老家的镇上谋了一个差事。胡玲儿用自己的一点积蓄买了一台旧缝纫机，凭着跟玉芝学来的手艺，给人缝缝补补。村里做衣服的人不多，式样也不考究，胡玲儿完全能应付。大多数时间，胡玲儿照应着家庭，照顾着瘫痪的婆婆，还有哑巴姑子。胡玲儿清瘦了许多，脸上的红晕也不见了。每个晚上，宋成会摸着妻子柔滑的面颊，说对不起她。胡玲儿温柔地将宋成的手拿过来，放在自己的胸前："跟着你，我心甘情愿。"宋成的眼睛湿了，说一定要让胡玲儿过上好日子，然后带着她去娘家请罪。胡玲儿莞尔一笑："就像王宝钏带着薛平贵回相府一样？"说完就低低地唱了起来，"以后夫妻同到相府，我要那嫌贫之人看看我夫可是终生贫穷，把我的一口闷气化为清风……"听得宋成张大了嘴巴，不敢相信胡玲儿的大陆板能唱这么好。胡玲儿轻声道："我差点儿也是那舞台上的花旦……"说完，背过脸去，眼角流下了一滴泪珠。

春去秋来，宋成的家在胡玲儿的照应下有了点点生机。门前的空地被开辟成一块菜地，一年四季，瓜果蔬菜不断。屋后种了几棵果树，春天里，桃花红，梨花白，杏花黄。太阳好的时候，瘫子母亲坐在院子里看着成群的鸡鸭，哑巴姐姐在胡玲儿的点拨下，跟着村民打蒲草，编芦席，胡玲儿坐在缝纫机前吱吱嘎嘎，一边低声哼道："老爹爹年迈染病卧床头，不孝女身怀六甲难下楼，恨公子狂蜂浪蝶将我丢，从今后有何面目人前走……"

有天晚上，宋成回来的时候脸色不好，他告诉胡玲儿，郑小娟来找过她，县剧团解散了，她想自己搭个戏班子，问宋成能不能跟她走。没有男角，她这个班子搭不起来，宋成很为难，他要征求胡玲儿的意见。胡玲儿听了没有讲话，脚下的缝纫机踏板呼啦啦踏得震天响。宋成低下头，眼睛竟模糊起来……第二天早上，宋成才将自行车推出门，胡玲儿就喊住了他："你找下郑小娟，把事情好好合计一下。"宋成几乎不敢相信自己的耳朵。胡玲儿冲他一笑："听不懂就算了，我不说第二遍。"宋成的自行车在乡村的道路上飞奔，他清了清嗓子："一更更儿里呀，明月照花台。卖油郎独坐青楼，观看花魁女裙钗……"宋成与郑小娟一起带着原剧团里的几个演员、司鼓搭了一个小戏班子。走家串户去唱折子戏。刚开始，他们都有点儿不适应，毕竟曾经也是大剧团的名角，如今到了唱堂会的地步，心中的落差可想而知。可是几场戏唱下来，将收入一算，竟然比在剧团拿死工资高得多，而且相对过去的剧团来讲更加灵活自由。慢慢地，过去解散的人员也陆续回到了这里，

戏班子的队伍逐渐庞大起来，

在宋成的提议下，郑小娟将戏班子正式命名为"重兴剧团"。郑小娟从过去的演员变成了团长，宋成当了团副。随着"重兴剧团"一天天红火起来，宋成与郑小娟的关系也一天天紧密起来。他们在台上演才子佳人，台下一起打理剧团，从接戏，排戏，到所有的账目开销都是两个人一起商量。时间长了，有人说他们开的是夫妻店。

大河里水满，小河里不亏。剧团里的人日子一天天好过起来了。宋成也一样，家里的旧房子翻了新，手里也有了一些积蓄。他买了一辆二手的面包车，既拖道具又好载人。郑小娟不亏他，剧团用车都把账算得清楚明白。宋成穿衣服也渐渐考究起来，他不让胡玲儿给他做衣服了，说外面的衣服式样既新颖又便宜，胡玲儿不理他，照旧给他做，春是春，秋是秋，一季两件。宋成不忍违背妻子的心意，出门时穿上胡玲儿做的衣服，到了剧团就换上自己在外买的成衣，这些都被郑小娟看在了眼里。

一个和煦的冬日，邻镇九里村一家老人耄耋双寿，儿女请来剧团唱堂会。这家人会闹，折子戏唱了一出又一出，从饭后一直唱到半夜，把宋成与郑小娟累得半死。等到曲终人散，月亮已经西斜。跟以往一样，宋成开车，送演员回家，郑小娟坐在副驾驶的位置上，最后一个到站。等到快要下车的时候，郑小娟突然从随身的挎包里拿出一件包装时尚的衣服，放在宋成座椅上。宋成不解，郑小娟笑道："给你买的。"没有等到宋成反应过来，郑小娟已经关上了车门。

胡玲儿没有合眼，一直在等宋成回家。她在心里揣摩着宋成到现在没有回家的种种可能：唱戏晚了，车子坏了，还有，就是与郑小娟下戏后去做戏里的夫妻了。想到这里，胡玲儿赶紧甩了甩头，宋成与郑小娟的成双出对那只是在舞台上做戏而已。可是这些日子她的心里总是有那么一点儿不安。终于，胡玲儿听到远远有发动机的声音，她紧绷着的心一下子松了下来。赶紧闭上眼睛，装作早已沉沉睡去。就在宋成悄悄钻进被窝的时候，胡玲儿立即转过身来，将软绵绵的身子紧紧地贴在丈夫的身上。

午后无人，宋成将衣服原封不动地还给郑小娟，郑小娟没有接受。宋成略一思忖，将衣服放在了道具箱上，转身就要离开。突然，郑小娟从后面将他一把抱住，宋成怔住了。化妆间里一片寂静，只听到两颗心脏扑通扑通地跳动。郑小娟将宋成的腰越箍越紧，宋成几乎无法呼吸。"小娟姐……"郑小娟没有应声。宋成感到阵阵眩晕，他的眼前浮现起与郑小娟的点点滴滴，这么多年来，她与他在舞台上一次次地碰撞，一次次地分离，又一次次地重合，唱遍了人间冷暖，演尽了悲欢离合，要说没有一点儿感情是不可能的。郑小娟的丈夫不堪忍受夫妻之间的聚少离多，抛下她与三岁的女儿，与别人另筑香巢，过起了夫唱妇随的小日子。郑小娟一个人带着女儿生活，在她的心里，剧团就是她的家，而她对宋成更是有一种别样的情愫。

"小娟姐……"

"叫我娟。"

郑小娟幸福地闭上双眼。

"宋成，这些年，我太孤单了，我不想就这么过下去。"

门外传来小师妹的唱腔："我为你朝补缀来夜挑灯，患难恩情似海深……"宋成一个激灵，赶紧推开了呓语的郑小娟。

"宋成……"郑小娟的眼里是亮晶晶的眼泪。

"对不起……小娟姐。"

"你对我难道就没有动过一点儿真情吗？"

"小娟姐，那是戏。"

"可哪出戏不是演的咱自己？"郑小娟珠泪双垂。宋成沉默片刻，随即打开了化妆间的门……

第二天晚上演出后，郑小娟执意要自己骑车回家，心慌意乱的她与一辆醉驾的摩托车相撞，失去了一条腿。

舞台上没有了郑小娟，重兴剧团也就缺少了往日的生机。胡玲儿看着终日愁眉苦脸的宋成自己也开心不起来。

一晃就是一年，可这一年对于胡玲儿和宋成却显得特别漫长。为了剧团的生存，胡玲儿做出了一个惊人的决定，她将郑小娟接回自己的家中。清晨或是黄昏，郑小娟坐在轮椅上手把手地教胡玲儿，走台步，甩水袖，唱念做打，毫无保留。再一年，胡玲儿登上了舞台。看着台上的胡玲儿，郑小娟好像看见了当年的自己。

秋去春来，重兴剧团又红火起来，胡玲儿已经成了重兴剧团的顶梁柱。他们走出县城，脚步踏遍大江南北。可是，胡玲儿终究没有勇气跨过那一片汪洋的湖水。

胡校长病重了，他每天都坐在院子里，对着湖那边的方向。一个飘雪的黄昏，他坐在椅子里，望着西边的落日，慢慢地合上了双眼。接到消息后的胡玲儿连夜回到了一别数十年的家乡。

胡校长出殡前的一天晚上，胡玲儿给自己的父亲唱了一场堂会。只见她浓墨重彩，装扮整齐，一双丹凤眼，两叶吊稍眉。一阵司鼓响过，胡玲儿扑通一声跪倒在地，挪动着双膝，对着胡校长威严又不乏慈爱的遗容，一声叫唤："好爹爹……"

这一声，叫得荡气回肠，撕心裂肺……

⚫ 凤仙花

　　凤英家的茅草屋在刘家庄台小河南的一块高地上，四围没有人家。门前一条清清的河，河上一座摇摇晃晃的独木桥，河岸边是参差的垂杨柳。一到初夏，柳絮纷飞，飘雪一般。

　　每到这个季节，也是凤英家前屋后女儿花盛开的日子。女儿花就是凤仙花。将凤仙花的花瓣捣碎，用叶子包裹在指甲上，能染上鲜艳的颜色，非常漂亮，很受女孩子的喜爱，所以凤仙花又叫女儿花。凤英则叫它凤球球。凤仙花的颜色特别多，大红，粉红，浅黄，还有浅紫。春末夏初，一朵朵颜色各异的花朵翘立在花茎上，像一只只翻飞的彩蝶。

　　凤英以前的家在小河北，是一座大敞院，几间砖基土筑的房子。房子的后面是一块空地，长满毛竹，房前的一角种满了凤仙花。一到黄昏，凤英就早早将家中的榆木桌子搬到毛竹下面，然后叫来邻家的姐妹围坐在桌边，相互用加了明矾的凤仙花泥涂抹在指甲上，再仔细地将凤仙花的叶片覆盖在上面，用棉线扎起来。待到第二天，拆去包裹，指甲便是红彤彤的了。凤英的手指原本就纤细白嫩，这么一来，越发好看。

凤英的父亲刘季才是半个郎中，也是刘家庄唯一会写字的。每到年下，刘季才忙着给乡邻们写门对子：向阳门第春常在，积善人家庆有余。安定千家乐，辛勤五谷丰。一人巧做千人食，五味调和百味香。他瘦瘦高高的，穿一件洗得发白的青布长衫，脚上一双千层底的布鞋，鞋口与鞋帮同样也泛着青白色。

乡邻拿过红底黑字的对联，道一声："多谢。"刘季才抱拳一笑："献丑！"遇到特别困难的人家，刘季才会向站在边上的凤英微微颔首，凤英便从屋子拿出一些布袋子，有慈姑，有黄豆，有小米，乡邻小心地卷起对联，套在袖笼子里面，双手接过口袋，向刘季才深深地鞠上一躬，刘季才照例弯腰还礼。

庄上有一个叫贵喜的老人染了伤寒，因为他膝下无儿无女。刘季才每天亲自抓药煎药。谁知道伤寒才好，老人又腰痛不止，刘季才竟无能为力。凤英不知道从哪里得来的偏方，将女儿花研泥晒干，每日取三钱就着黄酒空腹喝下。一个月不到，老人腰疾痊愈。老人谢凤英，凤英指着各色的女儿花轻轻一笑："要谢，就谢凤球球。"

那一年，刘季才自己患了绝症。为了给他治病，刘家变卖了所有的家当。小河南的几家茅草房就成了凤英现在的家。凤英的大哥离开了刘家庄，到离乡很远的地方做了人家的上门女婿，日子过得艰难。

再一年，刘季才走了。他是在凤仙花开的时候染的疾，在女儿花结籽的时候去的。留下哭瞎双眼的老婆，二儿子小林，女儿凤英。凤英的母亲哭得死去活来，凤英跪在父亲的灵前，雪白的牙齿咬着女儿花染红的指甲，一声不吭，浑身打战。

父亲去世后的几年里，凤英就再也没有染过凤仙花。女儿花开了落，落了开，转眼间凤英长成了大姑娘。凤英从小随父亲读过书，懂得"贫家净扫地，贫女净梳头"的道理。三间茅草屋被她收拾得利索索，头发梳得俏生生，两根麻花辫子顺溜溜地搭在胸前，大眼睛长睫毛，扑闪扑闪，像天上的星星。

凤英每天起得早，鸡叫头遍的时候，她便悄悄带上门，赶往河西打桑叶。她头顶月亮，一路小跑，裤脚被新下的露水打湿，一阵晓风吹过，凤英的身上便生一层寒意。黎明前的天黑得很，但是凤英不怕，她知道，来宝在后面悄悄地保护着她。

来宝喜欢凤英，凤英也喜欢来宝。来宝放鹅的时候，凤英就在不远处割草。他们谁都不说话，凤英的草割完了，来宝就跟在凤英的后面把鹅往回赶，一直走到小河南的桥边停下，看到凤英过了桥，进了茅草屋子里，来宝才将鹅群吆回头。凤英听到"嘎喔，嘎喔"的声音转过头去看来宝，来宝也转过头看她。凤英便凄惶一笑，低下头去。

小林长得结实，农闲时给人家"抬夯"补贴家用。"抬夯"是力气活儿，主家招待得好，一天五顿。虽不是大鱼大肉，也是汤汤水水，有滋有味。有一次，河北的李秃子家造房子"抬夯"，来请小林。小林没答应，因为李秃子家现在要造的房子用的是原先刘家的宅基地。李秃子见小林不肯，就去请求小林的母亲。小林的母亲感觉到了李秃子的为难，对小林说："去吧，家边邻居，就当帮忙了。"小林孝顺，听了母亲的话，起身就跟着李秃子走了。李秃子朝小林的母亲笑笑："邻居家边的，我心里有数。"

小林跟着另外三个人弯腰抓起夯上的木杠子，跟着喊号子的人的口号，拼足力气将夯举到头顶，再使劲往下砸。"抬起夯啊！""使劲砸啊！""加把劲啊！""盖新房啊！""房子盖好""娶婆娘啊！""娶过婆娘""生儿郎啊！"随着打夯的口号，小林和打夯人就反反复复地砸土，汗水也从头发窠里一直砸到地面上。小林听着满耳喜悦的号子声，眼前晃动着主家兴奋的笑脸。他看着脚下这片夯实的土地，不禁想到了染病去世的父亲，失明的母亲，小河南那几间破旧的茅草屋。他又想起曾经的敞院，竹林，妹妹凤英举起被女儿花染红的指甲叫他夸赞的情景……

小林醒来的时候，才知道自己抬夯时走了神，狠狠摔了一跤，跌断了一条腿。小林瘸了。凤英一夜间花白了头。

凤英要嫁人了，嫁给北姚庄一个独眼的男人。那个男人的妹子嫁给凤英的哥哥小林。这叫换亲。婚期定在五月初六，正是女儿花盛开的日子。

凤英出嫁那天是坐船走的，满庄人都来送她。码头边，木桥上站满了人，来宝也在人群当中。凤英倒是很平静，跟平时没什么两样，穿一身旧衣服，洗得干干净净。唯一不同的是两条麻花辫子梳成一只饱饱的发髻，发髻上一根银簪子，那是当年凤英母亲的陪嫁之物。上船的时候，凤英转头看了一眼来送行的庄邻，当她看见躲在人群里的来宝时，朝他摇了摇手。来宝看到了凤英染过凤仙花的手指，他的眼泪流了出来。

凤英婚后只回来过三次，每一次回来都是一个人，又黑又瘦。全然没有做女儿时的光彩。第一次回来是清明给父亲上坟，第二次是母亲病重，那一次回家，她撸起袖子给母亲打水洗脸的时候，露出胳膊上一块块青紫的伤痕。

凤英最后一次回来的时候还是乘着船，她静静地躺在船舱中的木板上，一条破旧的绸被盖在她的身上，发髻又梳回了麻花辫，她的两只手交叉着叠放在胸前，那双手枯瘦无华，青筋突兀，十根指头却是明艳的，分明是染过了凤仙花。突然，来宝看到那十根指头上飞出十只美丽的蝴蝶，绕着凤英翩翩起舞。

凤英的坟在茅草屋的西北角上，每年初夏，凤仙花开得热闹非常。

● 行走的家园

玉兰出门的时候，新庄台上的路灯还没有熄灭。她抬眼看了看东边的天空，依旧黑魆魆的，到底是入冬了，天亮得迟。玉兰缩了缩脖子，将那条半旧的、毛乎乎的围巾往上拉了拉，遮住自己的半边脸，顿时感觉暖和了不少。

玉兰的手里拎着蛇皮袋，里面装满了青菜、萝卜、大蒜，还有几根嫩生生的莴苣。"经霜的青菜赛羊肉"，玉兰想到这里笑了起来。她似乎看到了儿子媳妇吃着她从老家带来的蔬菜时开心的模样。尤其是她那个城市里长大的媳妇，看到这些水嫩嫩的蔬菜就像得了宝贝似的。也只有那个时候，玉兰才真正感觉到自我的存在，心里头抹了蜜糖一样，甜滋滋的。可是自从农村城镇化以后，他们都搬到新庄台上去了，过去偌大的菜园子没了，她只能在小区的绿化带边圈了一小块地，又做了个小韭菜垄子，见缝插针地撒些种子，栽几排菜秧子。虽说不能跟过去相比，可也算能吃到自己种的东西。一时半会儿还能供应给在外面的儿子媳妇。玉兰垂眼看了一下手中的蛇皮袋，感叹以后这些露天生长、顺时而生的蔬菜怕是越来越少了。蔬菜大棚都已经搭到镇子后面了。一排一排的，蘑菇房一样，要什么有什么，根本没有时令之说，季节之分。过去老祖宗说的"不时不食也"已经是老古董了。玉兰这么想着，情绪竟低落了下来。

玉兰在出门前吃了一块"酥头饼"，没敢喝粥。她怕在路上让尿憋得难受。酥头饼是面点，用小麦面加碱发酵做成的。酸酸甜甜有嚼劲儿，关键是耐饿。玉兰知道自己从出门到省城儿子的家要花半天时间，到了也没有吃的，儿子媳妇早出晚归，晚上也是在外面吃过了回来。她必须将肚子填饱，空心饿肚的滋味不好受，尤其上了年纪以后一顿都不能少吃，否则心慌慌的。

远处好像有一辆车朝她开了过来。玉兰吃力地提起手上的袋子，加快步伐迎上去。车子从她的面前呼啸而过，原来不是玉兰约的拼车。她又放慢了脚步。路灯渐次熄灭了，东方露出了一段微白，隐隐镶着一条金边，今天是个好天气。玉兰开始惦记起丈夫来了，离开玉兰，他像个不着家的孩子，东家一顿，西家一顿，不高兴的时候还吃儿子的醋，说他已经是有婆娘的人了，还动不动要老娘去伺候，还说养儿养女就是罪。玉兰叹叹气："这辈子，受的就是你们爷俩儿的罪。"

玉兰一夜没睡好，尽管她的丈夫用手机设定了闹钟。她生怕手机突然不响或是自己睡得太死耽误了行程。过去在村里没有手机，什么时候起床全靠公鸡打鸣，她反而睡得踏实又安稳。她至今都宁愿相信公鸡也不相信手机，她的手机经常无缘无故地卡死不动，也经常莫名其妙地多了话费。为此她去过移动营业厅好几次。那些系着同样丝巾，穿着同样制服的姑娘每次都热情地告诉她："您本月订了某某套餐。"玉兰急起来："我在哪儿订的？"姑娘说："您默认了信息。"玉兰冤屈得不行："我啥都不懂，只知道接儿子的电话。"姑娘不抬头，莲藕一样的十指在键盘上一顿噼里啪啦："您好，我们已经帮您成功关闭。"玉兰这才将信将疑地离开。可是下一次，这些套餐又开通了，玉兰却毫不知情。所以，玉兰不信手机，手机一欠费就哑了。公鸡再怎么饿它都会按时打鸣。

玉兰在一根电线杆下停下，这是她跟司机约定的上车地点。她本来可以乘公交去县城，然后再坐大巴到省城去。但是最早的公交要七点，而且一路要停靠站台，等到了县城还要走一段路才进长途汽车站。多花时间不说，还费力气。现在有了拼车业务，点对点接送，玉兰虽然心疼这多花的几十块钱，但时间由着自己定，有座位还负责送到地点，心里也平衡了不少。

天光渐渐亮了起来，还没有见到出租车的踪影。玉兰将蛇皮袋放到脚下，摘掉手套，从口袋里摸出一张字条。那是儿子在电话里报给她的地铁一号线的路线图。

儿子成家了，市区的房价太贵，他们买了离市区较远的西郊。好在新房子离地铁口只有几百米。儿子说从车站出来直接到地铁站，乘一号线到新家附近的站台要半小时的时间，只要两块钱，特别方便。玉兰以往去省城，到了车站都乘公交，这回叫她乘地铁，心里还真有点慌，七上八下的。儿子还告诉她，一号线有两个方向，地铁站有很多个出口，千万不能坐反了方向，走错了出口，那是很麻烦的事情。玉兰在电话里几次开口想说：第一次你能不能来接我一下，给我带个路？但终究还是把话咽了下去。更何况儿子语速很急，根本不给她开口的余地，挂断电话也是一样地匆忙，玉兰常常举着手机，喂喂地叫着，回应她的是"嘟嘟"的忙音。

玉兰看着图标，心里头反复琢磨。但她面对丈夫怀疑的眼神时却表现出毫不在意的样子："这坐地铁跟坐公交有啥区别？不就是一个在地上开，一个在地下行吗？买票上车，到站下车，一个理儿。再说了，我还认得几个字，看图识字总会吧？再不行，就问呗，鼻子底下就是路。"她说得轻飘飘的，连自己都相信自己的能力。可不这么说又能怎么说呢？丈夫又不能陪着自己去，陪了也是睁眼瞎。说多了又怕儿子烦。儿子工作已经够辛苦了，才三十出头就得了胃病，一天要吃好几种药。那天，她在儿子的抽屉里看到大大小小一堆药瓶的时候，眼泪扑簌簌地就落了下来。也就是从那天起，她就暗暗发誓，家里的事情一定不让儿子烦心。

车到了，司机摇开车门，满脸歉意："不好意思，老姐姐，让你久等了。"玉兰贴着窗户一看，里面已经坐了三人，还差她一个。也好，上车就走，不用再绕圈带人。司机将玉兰的蛇皮袋塞进满是汽油味的后备厢里："老姐姐每次到省城都要带点儿时新蔬菜。"玉兰说想带只老母鸡给孩子补补身体的，可是这次要坐地铁，就怕人家不让带。司机说只要不是活禽都没关系。玉兰点点头："那就好，下次带，下次带，下次一定带。"

从县城到省城的大巴上，有不少跟玉兰一样的人。很多人就在乘车的过程中熟悉起来。她们和玉兰一样，都是去省城看孩子的。有的是送些东西，帮着收拾几天就回。

有的会待上十天半月，甚至更长的时间，然后找一个合适的借口回家一趟，这是一群帮衬着带孩子的女人。为了方便交流，她们建有一个微信群，群名叫作"四不像"。不像父母，不像保姆，不像乡下人，也不像城里人。这次玉兰坐的不是过去的班车，而是另一班到南站的车，车站就连着地铁站。

玉兰拽着沉重的蛇皮袋上车，找一个位置坐下。去省城的班车很多，只要不是周末，车上的乘客不是很满，也不用对号入座。玉兰喜欢坐在最前面的位置，那个位置很逼仄，前面的乘客都会往后面跑，玉兰顺理成章地成为一号乘客。两个小时的车程，她会一直伸长脖子朝着窗外看，好像车马上就要到站一样，焦躁中带着一丝莫名的兴奋。知妻莫若夫，丈夫说她只要见到儿子就像大烟鬼子见到鸦片一样，浑身是劲。话是真话，可现在的玉兰见到儿子却不再像过去一样了。

儿子成家了，她面对的不是儿子一个人，还有儿媳妇，有时候还有俩亲家。玉兰向来不是个腼腆的人，力气大，嗓门大，见谁都不认生。但现在面对着儿子却是腼腆的，因为儿子的新房不是自己买的。想到这里，玉兰像被人抽了脊梁骨一样，顿时觉得矮人一等，连手上的力气都变小了，嗓门也变小了。庄上人不知情都说玉兰到底是半个城里人了，再不像农村人一样咋咋呼呼的了，玉兰的心里有一股子说不出的滋味。玉兰的丈夫倒看得开："他们这一代都是独生子，不是女来就是男，谁有条件谁买房。一样的。"玉兰知道这是丈夫劝慰自己，要不他为什么老是不肯到省城的儿子家去？

玉兰的蛇皮袋是放在腿边上的，她怕车肚里的热气熏坏了新鲜的菜蔬。想想过去，想吃蔬菜随时到园子里拔，切好的菜往滚烫冒烟的大铁锅里一推，"滋啦"一声，黄铜铲子三五下，菜就熟了。那个鲜嫩美味，比鱼肉的味道都好。现在虽说吃不到"出水鲜"了，但这还是比大棚里育出来的东西强一百倍。儿子还说了，家里带来的菜都是绿色食品，非转基因，吃得放心。玉兰不懂转基因，只知道城里卖的西红柿硬邦邦的，玉米还五颜六色的，吃到嘴里根本不是那个味。这是早班车，又不是周末，车上没有熟识的面孔。空调很热，玉兰扯下脖子里的围巾，顺手塞在腿边。她坐直身子，像往常一样放开目光向车前方望去，突然想到了什么，赶紧将手伸进口袋里，将那二寸半的纸条又给掏了出来。

纸条上的字她都认识，特别是张家园这三个字。张是她的姓，家园是小时候课本里经常出现的词。见到这三个字，玉兰感到很亲切，她估摸着这地方姓张的人家多，就像她们那里的张家庄一样。可是张家庄上的人都彼此熟悉得跟亲戚一般，张家园的人家一定跟儿子住的小区一样，家家大门紧闭，有保安，有门禁，有监控，有指纹锁，安静得好像没人住。只有阳台上晾晒的衣物告诉你这户有人。玉兰曾问过儿子，你们这里连个鸟叫都没有，心慌不心慌？儿子说："你以为这是在张家庄，每天叮叮当当，鸡犬相闻啊？"儿媳妇在一边吃吃地笑，面膜在脸上一抖一抖的，模样有点儿吓人。玉兰称面膜为脸皮，她曾偷偷地在垃圾桶里数过媳妇扔掉的脸皮，一个星期有五张。玉兰悄悄问过儿子："这脸皮多少钱一张？干吗非得天天贴？"儿子说七十多一张吧？玉兰以为自己听错了，又重复了一遍。儿子淡淡地："这还不算贵的。"那晚，玉兰洗过脸，站在镜子前第一次用手摩挲自己的脸：糙手。玉兰还做过一件事，这事她对自己的丈夫都没说过，就是将媳妇扔掉的脸皮偷偷地贴在了自己的脸上，第二天起来摸摸脸，好像是比从前滑嫩了一点。这脸皮确实好，就是太贵了。就算七十块钱一张，五七三十五，一个星期光贴脸就是几百块，一个月就是千把块。玉兰在心里飞快地计算着，不由倒吸了一口凉气。过去说开门七件事：柴米油盐酱醋茶，件件要钱。现在不开门也得有花销：水费电费煤气费，车贷房贷保险费，还有保洁费，物业费……玉兰想也不敢想，这日子怎么过？

想归想，玉兰却不敢问，既是怕儿子烦心，也是因为自觉自己在经济问题上根本就没有发言权。人人都说玉兰好福气，生个好儿子，又找个好亲家，没见着劳神，媳妇就领进门了。玉兰承认自己的命好，也承认亲家讲道理。尤其是亲家公，双方家长第一次见面就给她吃了颗定心丸："您放心，春生是你的儿子，将来也是我的儿子。不要介意房子不房子的，做亲如合家。"结婚时，亲家在台上的一番话更是让她热泪盈眶："从现在起我们就是一家人了，有时间你们往省城多跑跑，春生的家就是你们的家。"想到这里，玉兰有些释怀，心里顿觉宽绰了不少。

玉兰努力地记住地铁一号线的方向，也想象着地铁站的样子。尽管也曾在电视上见过，只是镜头匆匆，一晃而过，她没有太留意，只听说车上人很多，很拥挤。第一次坐地铁对于玉兰来说确实有点儿紧张。不过玉兰心里有底，大不了一路问过去，还怕到不了儿子的家？玉兰一路思绪万千，一眨眼车已到站。玉兰来不及等车停稳，一把捞起早就被屁股压得皱巴巴的围巾，胡乱往脖子上这么一绕，然后站起身来，一手抓住用布条扎紧的袋口，同时又整了整斜挎在身上的布包。包里有她的随身物品，还有几百块钱现金。儿子说现在已经是无现金时代了，城里人买烤红薯都用手机支付，用现金的都是被边缘化的人。玉兰不管什么边缘不边缘，她还是觉得用现金踏实。她就不信了，照这样下去，将来都不印钞票了？儿子还说人工智能时代已经到来了。将来什么都是智能化，扫地都用机器人了。玉兰相信儿子的话，回去忧心忡忡地跟丈夫转述自己的担心，丈夫说："天塌下来有大个子顶着，地球还有老的那天呢？你烦的啥？反正我们这辈子是摊不上了。"玉兰说将来的孩子咋办？丈夫说："该咋办咋办。当初你还担心儿子结不了婚呢！把我们两个老骨头卖了也买不到省城的一间厕所！如今不也是三房一厅了，成了正儿八经的城里人了，将来我们的孙子跟农村就一点儿不搭边了。这叫什么，人人头上有颗露水珠子。"

玉兰听到这话一肚子不高兴："呸！这话你也说得出口，你这辈子对儿子没交代！还说什么孙子！"丈夫也急了："不是我对儿子没交代，是这房地产商对咱老百姓没交代！几百万的房子你叫我拿什么去买？"玉兰不语了，半天嘟囔道："我们现在住的房子，看病的保险都是政府给安排的，连新庄台上的路灯都一夜点到天亮。这样的好事哪里去找？再说了这房价也不是一下子能解决的事情。"丈夫看着玉兰："现在说话有水平了。"玉兰说："哪能跟你一样，从来不关心外面的事情，遇到事情只会穷抱怨。"

汽车慢悠悠地在站台停下，玉兰拎起蛇皮袋，步伐轻快地下了车。她向四周望了望，然后顺着指示牌向地铁站走去。估摸着两条田埂的路程，到了地铁站。玉兰眼前霍地一亮，四处都变得宽大且繁杂起来，连行人的状态也变了。汽车站有很多跟她一样的人，在地铁站内，她觉得变成了一个与众不同的人。人流从各个通道蜂拥而至，各色各样的装扮，每人手里都握着一部手机，一样的步履匆匆，一样的面无表情。空气中弥散着奶油、鲜果与香水混杂的味道，玉兰的鼻子突然瘙痒起来，连连打了几个大大的喷嚏。边上的过客抬眼看了她一下，又匆忙过去。

玉兰将手里的蛇皮袋放下来，又掏出口袋里那张纸条。她睁大眼睛，生怕自己看错纸条上的信息：地铁一号线开往安禾桥方向，中途停靠十一站，她要在医科大学站下车。玉兰不放心自己的眼睛，又开口读了两遍才放心，然后揣上纸条又拎起蛇皮袋，按照指示图标汇入人流之中。

指示牌并不复杂，玉兰走得轻松。她心里暗自得意，自己还不算老土，能赶上时代的步伐。她甚至想象自己的儿子会竖起拇指夸自己：咱妈就是厉害，第一次坐地铁没有迷路。心里这么想着，脚下的步子更加轻快起来。绕过两个路口，玉兰来到安检处，我的个娘，旅客如长蛇一般扭扭曲曲，大包小包，背包行李袋都按照顺序进到安检机里，玉兰对于安检并不陌生，跟在汽车站一样。玉兰放下袋子，紧跟在人群的后面。人群虽长，却特别安静，没有人吵吵嚷嚷，大都低头翻看手机，脚步随着前行的队伍慢慢地往前移动。很快轮到了玉兰，她一边将蛇皮袋放到输送带上，一边取下挂在胸前的布包。就在玉兰匆忙回头取出蛇皮袋准备走向入口处的时候，她突然意识到自己还没有买票。于是她又急忙调转头来，向安检过道上的人露出羞赧的神情，双手做拨开人群状又走了回去。

玉兰站定下来，向四处望去。她要寻找售票的机器。儿子告诉过她，地铁站是自动售票，只要按一下自己要走的线路，然后往投币口塞入两块钱的硬币，票就会从机器的下面自动滑落下来。玉兰牢牢记住了儿子的话，并联想到从小带儿子在镇上的超市门口玩过的电动摇摇车，拿一枚硬币往里一塞，摇摇车就变成活的了，又摇又摆，还会唱歌："世上只有妈妈好，有妈的孩子像块宝……爸爸的爸爸叫爷爷，妈妈的妈妈叫外婆。"

春生小时候最喜欢坐摇摇车，每个星期玉兰都会抱着春生去镇上的超市门口坐一次。那时的春生还小，坐在摇摇车里咯咯笑。春生也聪明，只坐了几次就会唱"世上只有妈妈好"。小春生趴在玉兰的怀里，奶声奶气地唱着歌，唱得玉兰的心里暖洋洋、热乎乎的。想到这里，玉兰叹了口气，春生长大了，讨了婆娘，再也不像小时候一样了。过去的春生不管什么事都跟玉兰说。玉兰背后还跟丈夫嘀咕过："这都大小伙子怎么跟个娘们一样的碎米嘴？"丈夫白她一眼："你就惜福吧，等到将来他讨了老婆，你看他还跟不跟你唠叨。"玉兰不屑："我养的儿子我知道。"丈夫鼻子里哼了一声："你就望着吧。"

丈夫的话没说错，春生还没讨婆娘的时候就不怎么爱说话了。回家总是一个人在房间里，玉兰想跟他聊聊工作的事情，春生蹙起眉头说："我难得回家想清静清静的，你又跟我谈工作。"玉兰就知趣地闪到一旁去了。长大后的春生跟小时候的春生真不一样了，小时候的春生圆乎乎的，现在就像缺肥的豆芽一样，玉兰看在眼里，心疼得不行。都说母子连心，春生的一举一动，一颦一笑，玉兰很入神。她就怕看到春生愁眉苦脸的样子，春生若是眉头不展，玉兰也会躲到没人的地方叹口气。

春生不愿意跟玉兰讲自己的工作与生活，玉兰有办法，那就是听春生打电话。她常常在春生接听电话的时候故意在他的边上扫地，或是做些其他的事情。玉兰看起来不动声色，耳朵却竖得跟兔子一样。她虽然不能从电话的内容中知道春生详实的情况，至少可以零零碎碎地了解一点他当前的状态，快乐还是苦恼，轻松还是紧张。春生倒不回避玉兰，有时朝玉兰看一眼，继续打自己的电话，这一点让玉兰感到欣慰，到底是自己养的，虽说话不多了，终究没有把自己当作外人。

玉兰一边这么想着一边找售票机。她从口袋里摸出早就准备好的两枚硬币，朝投币口塞了进去。就在这一刻，玉兰的心里突然微微动了一下，这个动作，已经相隔二十多年了。那时候投币，孩子就在面前，今天投币，孩子跟自己已经隔得太远了。孩子大了，我们老了。玉兰下意识地用手摸了一下自己的脸皮，一如既往的粗糙而松弛。咣当一声轻响，一张地铁卡滑落了下来，玉兰伸手取出来，再次来到安检处。

玉兰的蛇皮袋安稳地放在安检机上，布包已经被工作人员放进行李盘里。玉兰学着前面人的样子，过了入口，接过布包，拎起蛇皮袋。走不多远，玉兰听到了地铁轰鸣的声音，夹杂着圆润清亮的语音提示，空气变得燥热起来，玉兰感到后背、脖子里汗津津的。难怪春生冬天从来不穿棉衣，这么多人呼出来的热气，汽车屁股后面喷出来的热气，足够将气温升高了。玉兰突然怀念老家，这样的天气，太阳暖融融的，风吹到人身上虽然凉，却舒坦得很。菜园里的高脚白嫩生生的，大公鸡油光滴水地在院子踱来踱去。女人们三五成群地坐在太阳底下，剪线头，打毛衣，涮鞋子，张家长，李家短，嘻嘻哈哈。等到太阳快要下山的时候，各自起身，回家收被子，叠衣裳，再过不久，家家户户的灯就亮起来了，烟囱里也飘出阵阵炊烟。庄子被一股热气包围着，让人感到踏实又温暖。自从搬到新庄台后，各家各户就不像过去那样了。花圃代替了菜园子，小京巴代替了大公鸡。花圃里的花确实漂亮，小京巴也讨喜。可是中看不中用，再怎样好都没有菜园子和大公鸡实在，叫人心安。烟囱没有了，家家户户装上了油烟机。平时倒还好，到了腊月二十四，送灶王爷的这天，玉兰就犯愁。没有灶台了，灶饭放哪块？自打记事起，日子就这么过来的，现在一下子变了，玉兰感到自己的心都没地方放了。春生说过玉兰："老迷信，城里人从来不敬灶王爷，不照样过日子？"玉兰说："我不是城里人。"春生说你现在是半个城里人了。玉兰苦笑："我现在是个半吊子。说是农村人，不种地了。说是城里人，也没户口。"丈夫接过话来："将来都取消户口了，现在是农村集镇化，城乡一体化，还死脑筋！"

玉兰下站台的时候，地铁正好靠站。就在这一瞬间，就像家里河坝闸口开了一样，四处涌出人来。人与人挨得很近，腿与腿之间可以相互摩擦。玉兰一下子被人流冲得东倒西歪，彼时她觉得自己已经很累了，尤其是右臂，酸胀得很。玉兰索性往旁边靠了靠，看到一张空着的椅子就坐了下来。玉兰从包里掏出手机，她想给丈夫打电话报个平安。想想又没打。手机到了省城就漫游了，话费会比在家贵。玉兰倒不是心疼钱，而是害怕手机又因欠费停机。这几天她都会在省城，换季了，要给孩子们洗洗刷刷，添添补补，做几天好饭菜。这里不是小镇，她找不到充话费的地方。她又不想麻烦春生，更不能跟媳妇开口。她知道儿子媳妇不容易，好多时候都半夜三更了，他们还在书房里工作。尤其是春生，经常把饭碗端到电脑边上，饭碗放在一边，眼睛随着手指一刻不离屏幕上的那些表格、合同，一顿饭都要吃到没热气。玉兰在的时候会给他拿到厨房里热一热，不在的时候冷的还不照样吃下肚？每次玉兰来的时候，都会看见门口一堆外卖饭盒和塑料袋，玉兰拾起来，心里就酸酸地疼。

有个女孩朝着自己走来，边走边打电话，走到玉兰面前的时候就停住了。女孩很清瘦，也时尚，跟自己的媳妇还有那么一点相似。女孩是跟自己的男朋友打电话，玉兰听得出来。她告诉男朋友这个星期不能见面了，她做家教的这户人家的小孩快要中考了，家长要求她利用休息日加个班。男孩子大概很失望，玉兰从女孩抱歉的表情和语气能够听出来。就像这些年，她可以从春生的电话里听出他大体的情绪一样。女孩说自己要跟男孩一起挣钱，等买房的首付凑齐了，一定不再做家教了，每个周末好好陪他。玉兰听了鼻子突然酸了，眼睛也模糊起来，她一下子又想起春生来了。春生也兼职，这是她前不久才知道的。春生没有休息日，星期日他要去赚另一份工资。玉兰懂儿子的心：房子首付自己家没拿多少钱，贷款一定要自己还。可是玉兰又想不明白，春生这么辛苦地赚钱，媳妇还是贴七十块钱一张的脸皮，背几千块钱的包包？她跟春生委婉地提过，春生只说了三个字话："你不懂。"玉兰想想，自己还真的不懂。既然不懂就不再多问。

就在玉兰准备起身赶公交班车的时候，玉兰突然想不起来：自己该在哪一站下车？等她再去掏口袋时发现纸条已经不见了。玉兰的脑子里轰隆一声，人也跟着摇晃了一下。糊涂片刻，玉兰拿起手机拨通了丈夫的电话。正在牌桌上酣战的丈夫也含糊不清，只说自己知道春生住的小区名字，并且很聪明地告诉玉兰，问一下别人这个小区在哪？到哪下车？玉兰恨恨地挂了电话。她心里明白，在省城，住宅小区多如牛毛，谁会知道哪个小区在哪个地方。无奈的玉兰只得拨打了春生的电话。电话拨通了，语音提示是小秘书服务。玉兰知道春生一定又开会或是跟客户谈业务了。这对于春生是正常不过的事情。于是玉兰又拨打了媳妇的电话，一直是无法接听。玉兰傻眼了。

　　傻眼后的玉兰倒冷静下来，不再着急。她将蛇皮袋放到乘警亭的边上，在地铁站里来回走动起来。自己来来去去的次数也不算少了，可是从来没有过闲心到处逛逛。每次都是匆匆而过，她停下来看了奶吧、茶吧、水果铺子、睡衣工坊、各色各样的店面、炫目耀眼的广告……不息的人流奔忙行走在各自的旅途。浓郁的都市气息暂时覆盖了玉兰对农村的眷恋。玉兰走着走着，突然看到在一个通道的拐角处有一只半旧的摇摇车，她赶紧走上前去，没错，就是摇摇车。一只米老鼠张大嘴巴正朝着玉兰哈哈大笑。投币口已经生了一圈的绣，但是并不妨碍投币。玉兰伸出手来，抚摸着米老鼠两只黑色的耳朵，然后毫不犹豫地从布包里掏出一枚硬币，投了进去。让玉兰想不到的是，这只摇摇车并没有坏，它竟然摇晃了起来，吱吱呀呀地唱起了歌。玉兰惊喜地望着摇摆的米老鼠，只觉得有一股暖流在她的心中涌动。她就这么安静地坐在摇摇车的边上，仿佛又看到了童年的春生。列车的呼啸声从她的耳边闪过，玉兰心里笃定地知道：春生一定会来地铁一号线接她，就像小时候她接放学晚归的春生一样。

☯ 平安吉祥

　　我是被噩梦惊醒的。醒来的时候一身冷汗。我看一眼身边睡熟的吉安，猫一样蜷着身子，呼吸匀称。我伸手摸过床头柜上的手机，按下屏幕，凌晨三点十八分。这几年，我大都会在这个点上醒来，然后迷迷糊糊直到东方发白。好像是睡了又好像没有睡，这样的情形持续了很多年，直到后来我遇见吉安。

　　手机黑屏后，我再也睡不着了，翻来覆去，身上长了刺一般。更糟糕的是我感觉自己的心脏像一只充气的气球，慢慢地膨胀到快要炸裂开来，这使我感到特别恐惧，于是我轻轻推了推吉安。

　　吉安的眼睛随着长睫毛扑闪了一下睁开，猫一样的眸子在夜色里亮晶晶的。"怎么了？"她忽地坐起身。她就是这么一个可爱的女人，不管什么时候叫醒她，一点儿都不混沌。我告诉她亚平可能熬不过今天了，我梦见一群打着纸伞和白幡的男童正往亚平家里去。她的神色略略暗了一下，然后伸出双臂将我的脑袋揽到她柔软的怀里："不会的，梦都是反的。"可是我心里难受。吉安拿过一条毛巾，轻轻给我擦去脑门的汗珠："我去给你冲杯牛奶。"

灯都打开了，我的心也随着光亮豁然了许多。吉安在牛奶里加了一勺蜜，这些年我变得特别爱吃甜点，她是知道的。我喝了一口浓稠香甜的牛奶，走到阳台上。远近的灯火璀璨，高楼林立，有汽车行驶在棋盘般的道路和立交桥上，有点儿晃眼，不知道是刚从这个城市出发还是刚从哪个城市进来，好多次我也在这样的车流中。就像每次堵车，看着前面黑压压的一层，我都会扶着方向盘嘴里不干净起来："一个个急着赶什么？非得这么忙吗？"吉安挤挤眼睛说："你不也是其中一分子吗？"想到这里，我举起牛奶杯，向着奔驰的汽车晃了晃，作了一个干杯的模样。

牛奶喝光后，我到底还是睡不着了，索性坐在沙发上等天明。吉安见我恢复了神态，打着哈欠回到了房间并轻轻地关上了房门。她是只睡猫，每天会睡到阳光洒满窗棂。偶尔有睡不着的时候，那是她夜里构思小说散了神。这时候，我不敢惊动她，否则她会像一头生气的母豹，全身上下充满敌意。

我看着茶几上的手机，总感觉有亚平的电话，不，这个时候应该是亚平家属的电话，他的妻子、儿子，或是儿媳。我最后一次接到亚平的电话是一个月前的事情，那时我正在上海谈一个项目。就在谈判进入阶段性发展的时候，我兜里的手机震动起来。我没有去理会，这个时候，没有比我谈成手里的这笔项目更为重要的事情，说实话，包括吉安。当然，我不否定我是真的喜欢吉安。我曾经最喜欢听李丽芬的《爱江山更爱美人》，我觉得没有哪首歌曲能将男人的心事表达得这么准确。我觉得自己就是这首歌里的那个英雄好汉，的确，没有哪个英雄好汉喜欢孤单单地生活。可是我又觉得自己不是个英雄好汉，因为我越来越害怕自己的儿子。如果说前几年，我把吉安放在第一位，我是小心翼翼地喜欢吉安，那么现在，我加倍小心翼翼地对待儿子。我不止一次在心里对比着，吉安像酒，儿子是水。离了酒我会难受，但终究是死不了。没了水，我会断了命。吉安当然不知道我会这么想，我不敢想象她若是知道我的想法之后会怎么样。也许她隐约知道我的想法，她是个极其聪明的女人。

待到谈判结束，我第一时间掏出手机。我在谈判的间隙脑中不自觉地想过会是什么人的电话，但没有想到是亚平的电话。他几乎从不打电话给我，我知道，亚平一定是遇到什么事情了。接通电话后，亚平的声音像是从空洞里飘过来一样，虚弱到了极致。我的心立即紧张起来，我料定亚平是生病了，而且不是小毛病。那天在食堂我看见他，人好像矮了一截，也薄了一层，他面色苍白地给员工打饭，动作依旧那么娴熟，只是手上的力气明显小了，我看到他的手臂在微微发抖。他我看见我的时候，苍白的脸色蓦地一红："老板，你怎么到这里来吃饭了？"自从亚平来我的公司后，一直叫我老板。直到有一次，我跑到他的家里跟他喝酒，酒到浓处，他无意间叫了我的名字，就像当年在学校叫我一样。突然间，他又改了口。我什么也没说，装作没在意的样子。

我接过亚平递过来的饭盒，深深看了他一眼："你抽个时间去医院检查一下身体。"后来我也忘了这事，直到亚平的电话在这个时候不适时宜地打了进来。

亚平生了重病，肝癌晚期。他打电话给我两件事，一是交代食堂的事情，他不会回去了，让我重新找个厨师。一是想跟我提前预支当月的工资。他在说第二件事情的时候，本就低沉的语气更低了，几乎是呓语般，断断续续。我打断他的话："你啥也别想了！安心治病！"亚平那边突然没有了声音，半晌，我听到他压抑的抽泣声，我判断得出来，亚平是将脸埋在枕头里的，我缓缓挂断电话后，拨通了财务部的电话……

亚平住院期间，我看过他一次。带着一只厚厚的信封，在市人民医院的肿瘤病区。我去的时候，病房里没有人，我知道他的妻子回去休息了，她舍不得花十块钱的床位费，一定是坐在亚平的床边打了一夜的瞌睡。患癫痫的儿子不能在医院，媳妇要上班，她得维持一家的生计。我在护士站询问了他的病情，很不好。我是在护士的指引下去了他的病房，护士在门口指了一下就离开了。病房里白森森的，充满了来苏水和84消毒液的气味。一眼看过去，亚平的床上好像没有人，白色被子薄薄地铺在白色的床单上。再一看，亚平就在被子与床单的中间，背对着房门，人也是薄薄的。我轻轻站在床边的时候，亚平意识到有人过来。他很艰难地转过身来看见我的时候，嘴角嗫动了几下，眼睛里有了浑浊的液体。他想起身，但根本起不来，没等我阻止，他已经自己放弃了。我们就这么默默地坐着，都不知道说些什么。他仰卧着，空洞的眼睛直直地望着屋顶，我顺着他的眼睛望过去，是冰冷的天花板。

亚平突然将右臂伸到被子外面来，并将目光落在他枯木一样的手臂上，我注意到他的手臂上戴了一串佛珠，看起来质地还不错。他开口了，声音很轻，羽毛般飘落在我的耳边："这是侄女在大佛前开了光的。会保佑我。"我笑着点头："一定会的。"亚平的嘴角牵动了一下，眼睛里有一层笑意。他突然坚持要坐起来，我扶起他，肩胛后背的骨头有点硌人。亚平喘了半天气，跟我提了一个要求：帮他办一张护照。

护照很快就办好了，我找了熟人。照片是从他的手机里翻出来的，那年夏天，他以优秀员工的身份去了一趟南京旅游，照片是在秦淮河边上的黛瓦粉墙边拍的，穿一件蓝底白条的海魂衫，白墙做背景，我将这张照片上下做了裁剪。他很满意这张照片，说有当年的风采。我知道他说的当年是哪一年，那一年，我下放在他的家乡，我见到他的第一天，他正在篮球场上奔跑。穿一件蓝底白条的海魂衫，白球鞋。

这张护照是给他九十岁的老母亲看的，他要骗他的老母亲，他出国劳务去了，一年有几十万的收入，干上三五年，很快就会在市区买一套像样的房子，他现在住的房子太小，太破，太逼仄了。我去过他的家，那是我与儿子发生不愉快之后。那天我特别想找个人喝酒，不知道为什么，我想都没想就打了亚平的电话。那时候已经不早了，天上飘着零星的雪花。亚平接到我的电话后有些局促不安，只说家里太不像样子，我去了怕招待不周。我说："我不在意，当初你不也陪着我在那铁皮间里喝过酒吗？再难，难不过当年。"亚平答应了。

我是在林志玲甜腻的声音里找到亚平的家。那是一个很旧的小区。院子里杂草丛生，亚平家这幢楼的后面有一株高大的腊梅树，老远能闻到淡淡的香气。前几年有人要砍了这棵树，因为影响后面一楼的光线。听说是亚平跟后面的邻居协商，留下了它。亚平还特地给这棵梅花剪了枝条，我听他在食堂里跟人说过这事："有了腊梅花开，冬天才不感到冷。"

亚平家的冬天并不冷，至少那天我是这么感觉的。四十多平的房子很小，从南到北一顺，客厅夹在中间，顺带一间只能一个人转身的厨房，窗户上都糊上了花花绿绿的玻璃纸。我的到来让亚平感到有点尴尬，更多的是不好意思。开门后很久，他的两只手都无处安放，在逼仄的客厅里转来转去。南北两间的房门都关得死死的，亚平解释说他们怕冷，早早上床了。他们指的是他的妻子、儿子。我知道，亚平接到我的电话以后就叫他们进屋了，抑或是他们知道我要来以后主动进屋了。小小的客厅里只有我们两个男人。

桌子的一面是靠墙的，显然，小小的客厅无法坦然地安放一只小小的餐桌，否则，人会转不过身。桌上明显为我多加了几个菜：蒸香肠、红烧小黄鱼、雪菜炒毛豆，都热气腾腾的。我没有客气，一屁股坐下来，拿起桌上一瓶酒。酒是散装的，倒在一只阔口玻璃瓶里，倒下来酒花很不错。亚平告诉我，纯粮酿造，他妹妹带过来的，妹妹在老家的酒厂，做化验员，酒瓶也是化验室里的烧杯。"我知道，你幺妹，当年比《庐山恋》里的张瑜还漂亮。"亚平笑起来。"你大姐也漂亮，还有大哥。你的家靠近学校，院子很大，你妈，欣大妈对我很好，一家人都对我好。"我们呷酒，很少吃菜，厨房里咕噜噜的，那是热气顶着锅盖的声音，随即就有热气一阵阵蔓延过来。亚平起身去了厨房，我感到身体热了起来，随手脱下了外套。那顿晚饭，我们并没有说眼前太多的事，我只跟他讲有困难就跟我开口。当年我吃了你家那么多的油炖蛋，我能有今天，也有大妈的功劳。可是我没想到……

亚平的脸红了，我从没有见过一个中年的男子有这样的羞涩。我悔恨自己伤了亚平的自尊。亚平眯上双眼呷了一口酒，滋滋的，很悠长，好像是要将所有的过往在这口酒里品味一番。我也跟着他一起喝，屋子里没有声响，能听到窗外簌簌的风声。喝到中途的时候，亚平打开了东窗，他让我看雨棚下挂着的各色咸货：香肠、腊肉、风干鱼，还有鸡鸭腿之类的东西，光线太暗加之酒精刺激，眼前模模糊糊，看得不是很清楚。亚平说这些都是老家的姊妹带过来的，他还比划着说他的姐夫曾经给他腌过一条扁担长的草鱼，这么年来，他从来没有再见过比这条草鱼更大的鱼了。亚平的眼睛里有了一层温暖的光亮，他说他们很惦记他，同样自己也惦记着他们。只是自己不好意思回去，混得不好，对不起他们，也对不起老娘。我没有更好的语言劝慰他，只说慢慢来，没有过不去的坎。亚平用嘴巴努了一下南边紧闭的房门：短就短在儿子身上。

亚平的儿子是被人用砖头狠拍后脑，外伤造成的癫痫。一对双双下岗的夫妻本就没有多少积蓄，亚平为他看病欠了一屁股的债。亚平至今后悔三件事情，头一件就是自己为了节省四千块钱，让儿子进了一所校风不好的街道小学。二是在一次被解聘后自己喝醉了酒，随手顺走了巷头一辆没上锁的自行车，那时他的车正好被人偷了，心里憋屈得难受，不知不觉就做了这样的事情。第三件是没有守得住老城区的两间宿舍，手头困难的时候贱卖了它，而买了这间旧屋的人却因老城区拆迁得到了一笔数目可观的赔偿金。他说如果时光可以倒流，他一定不会这么糊涂。

儿子一定会在市区最好的小学读书，那里校风正，学风正，他不会跟一些不三不四的人混在一起，然后打群架，被打伤后脑，造成终身的残疾。他是个天资聪慧的孩子，三岁就会背很多的唐诗，五岁就学姜昆说相声，人见人爱。他一定会是个品学兼优的好孩子。那夜他自己也不会在失意的时候一时冲动，顺手拖走别人的自行车，给儿子做了坏榜样。那间旧屋也不可能轻易卖掉，今天也会住进某个漂亮的小区，至少不会像现在这样落魄。"可是，你不知道，那时的我有难？"亚平垂下了双眼，握住酒杯的手一阵阵颤抖……

他不停地絮叨，不停地喝酒，我给他夹了几口菜，都被搁在面前的小碗里，直到热气全消。那晚，我也不知道自己是怎么回来的。但是我记得我给吉安打了个电话，电话里说了什么我一点儿记忆也没有了。

儿子是因吉安的事情跟我吵架并将我拉进黑名单的。尽管吉安并不是破坏我与他母亲的第三者。他的母亲，我的前妻是我的同学，我们随着双方父母一起下放，一起回城，一起创业，我们在亚平的家乡，一起得到过亚平全家的照顾。我跟前妻去拍结婚照，我穿的就是亚平的海魂衫。随着我们的房子越来越大，前妻跟我的话却越来越少，就像我日渐稀疏的头发。我至今都想不明白，为了给她们母子更好的生活，我在外拼死拼活，狗一样辛劳，她却不能容忍我醉酒后呕吐的秽物以及我不得已的迟归。她变得越来越矜持，上卫生间总是将门反锁起来，好像我就是一个外人，而她并不是我的老妻。就连睡觉，她也不再卸妆，半夜醒来睁开眼睛，我常常惊恐于她猩红的嘴唇。再后来，她离开了我，没有理由，也许有，我不知道。儿子是判给我的，可是一直跟着她生活。她说他不能让自己的儿子也变成一个像我一样对自己对生活极不负责任的男人。我不知道我到底是哪里不负责任。儿子从小接受最好的教育，穿最贵的衣服，用最好的手机，他这样的年纪几乎已经跑遍欧洲。

吉安是我后来认识的，与我先前的婚姻无关。她是一个作家。在认识我之前，她说她像风一样自由，认识我之后，她就变成了一只风筝，而我就是那根风筝线，她愿意被我牵引着，无论飞多高，总会落在我的身边。吉安与我相识两年多，倒像极了我的老妻，她熟悉我屋子里的每一个角落以及我身体的每一个部分。她时常穿着我的T袖在厨房和客厅间穿梭，给我做各色的饭菜和甜点，小便的时候声音也大，弄得哗哗直响。我也知道卸了妆的吉安面色有些暗黄，眼角周围已经有了细密的皱纹。我醉酒回家常常吐得一塌糊涂，有时候会吐在家门口。第二天一切都像没有发生过一样，屋子里弥漫着马鞭草或是小苍兰的气味。

儿子是敌视吉安的，他的敌视表现在与我的决裂上。

那天，他发来一条微信，起初我很开心，因为这些年来，他几乎从来没有主动跟我聊过。打开微信后，我的心猛地一沉：离开那只狐狸。

我握住手机的手簌簌发抖，我不敢相信这是某名牌大学的研究生发来的东西。没有称谓，也没有姓氏，而吉安，这个在他们离开我后，给予我无限温暖的女人就被他这样侮辱着。我的心脏又隐隐作痛了。扔掉手机，我扶着几欲炸裂的头颅，半晌，我拨通了他的电话。电话的那头，他一如既往地冷漠，除了我问他答，几乎没有一句多余的话。我问他为什么我就不能有属于自己的生活，他什么也没说就挂断了电话。就在我冷静下来给他发微信的时候才发现，我的消息已经无法发送。

吉安应该从我的情绪里捕捉到了什么。我说过，她是一个极度聪明的女人。她从来不去触碰那些敏感而又现实的话题。只是一味享受我们在一起的时光。我喜欢读她的小说，也经常参与其中，我是她的第一读者，也会给她提出一些建议和思考。她很多的时候是接受。偶尔我发现，她发表的文章依旧是她过去文章的模样。我不点破她，她也不做声。就像我偶尔应酬后身上会带着香水味回来，她像什么都不知道，然后去给我放洗澡水，冲热牛奶一样。而我却知道，她的嗅觉特别得灵敏。但是我不解释，因为我无须解释。我曾经跟我的前妻解释过无数遍，也告诉她"水至清而无鱼"，生意场上就是这么真真假假，但是，我从来没有做过一件对不起他们母子的事情。可是很多事情却是却描越黑，她纠结着，终于走向了另外一间屋，从此就再也没有回来过。分手的时候，她说她宁愿回到过去。可是，回得去吗？

吉安说她要去参加一个笔会，时间一周左右。她将奶粉分成七份用保鲜袋装好整齐地排列在保鲜柜里。她给我熨好了七套衣服，也整整齐齐地排列在大衣柜里。临出门的时候，她也跟从前一样，抱着我，用滑嫩的脸颊磨蹭我的下颌，唯一不同的是没有说等我回来。她从来不跟我说回家二字。因为迄今为止，我没有给她一个家。想到这里，我的心里又隐隐作痛起来。

我预感吉安是不会回来了。可是她还是回来了。这让我感到很欣慰。她回来带给我一个消息：亚平去找过我前妻了，为了我们的事情。我不知道亚平怎么知道这些事情的，更不敢相信亚平会去找我的前妻。我的前妻为此也找到了吉安，告诉她我是一个不会生活的男人，只是一个赚钱的机器。她无权阻止我们的将来，但是得说服我们的儿子，我们唯一的儿子。那天晚上，我跟吉安没有做爱，只是紧紧地搂在一起。我的下巴贴在吉安的额头，吉安承受着我沉重的呼吸。我们谁也不说话，就这么拥抱着。半夜醒来，我低头看见吉安的睫毛是湿润的。

我看着病床上的亚平，几乎是没有了说话的力气。他的嘴唇灰紫干裂，不住地向外吐气，像一条即将离水的鱼。我顿时有了一种所有的存在都不真实的感觉，我开始坐立不住，我不知道我想要干什么？我的眼前真切地闪过四十年前的亚平，穿着海魂衫、白球鞋，在篮球场上起跳、投篮的亚平；闪过在应聘人群中一眼看见我那种似曾相识、想认不敢认、眼光里满是羞怯与期望的亚平；闪过眯着眼睛将一杯混酒丝丝入口、沉醉迷离的亚平……

打过针后的亚平脸色渐渐好看了些，我的心也稍稍平静了下来。蓦地，亚平捉住我的手，用眼睛示意，要跟我说些什么。我俯下身子，将耳朵凑近他的嘴边，只听他嗫嚅着："很多次喝醉酒都会骑车往老家跑，可每一次方向都是反的。怎么就走不回去呢？"我握紧他的手，一句话也说不出来。亚平的手很凉很凉，像是在冰窖里冻过的一样。我不忍再待下去，将那只厚厚的信封塞在他的枕下，跟亚平说了再见。出病房门的时候，我忍不住又转回身去，亚平正侧着身子，一双空洞的眼睛紧紧地追随着我，见我看他，他凄然一笑，吃力地向我挥手。离开医院的时候，我的眼泪布满了脸颊。这些年来，我亲历了多少人的生离与死别。可不知道为什么，亚平竟是如此让我心痛不已。

　　天彻底亮了，没有亚平的消息。就在我准备洗漱的时候，电话响了，亚平去了。吉安执意要与我一起去送送亚平，那天，她穿了一件绿色的衣服。她说穿黑色的太沉闷了，逝者已去，生者还得活下去，活下去就得有希望。我听从了她，也没有穿黑色的衣服，穿一件庄重的浅灰色的西服。亚平的灵柩安放在殡仪馆的4号厅内，很安静，我见到了他的姐妹和大哥。四十年的光阴足以将青春的印记湮灭，只能从大体的轮廓里一一辨识曾经的相识。亚平的照片还是那张裁剪过的，因为放大有点儿失真。除了我定制的十只鲜花花圈，其余的并不多。亚平不是本地人，在遇到我之前也没有固定的工作。就像他当年孤独地来到这个城市一样，转了一圈，又孤独地离开。他没能回去，就像他说每次醉酒后都回不去一样。很多人，很多事，终究是回不去了。

　　因为家里太小，亚平的家属选择了火化后在殡仪馆做"六七"。入殓师给亚平化妆的时候，我看见亚平的眼睛是半睁的。我知道亚平走得不放心，除了妻儿，还有远在家乡九十岁的老母亲。就在一切停当，准备盖棺的时候，我想起了一件事情，我轻轻掀开亚平的衣服，把那本假护照放进他贴身的口袋里。

亚平去了的那几天，我没有去公司。吉安一直默默地陪着我。这期间，儿子恢复了我的好友身份，破天荒地问候了我："近来可好？"他告诉我，他交了一个女朋友，已经确定了关系，只等着双方父母见面。他在微信里郑重地说道："我只有一个父亲，也只有一个母亲。"

见面的时间与地点是前妻定好的。在全市顶级的酒店。那天她穿得很庄重，也很正式。儿子与他的女朋友一直相依相偎，低声浅笑。我跟前妻并排坐在一起，看着对面的孩子们，竟也相视而笑，好像已经忘了这几年的恩怨。后来我才意识到，那一刻，我居然没有想到吉安，没有。

吉安走了，走得无声无息。她带走了所有与她相关的东西，也带走了空气中马鞭草与小苍兰的气息。好多次，我从梦中醒来，想像从前一样揽她入怀。枕边空荡荡的，什么也没有。我不知道这些日子自己是怎么过来的，我也没有颜面去问候吉安。在这期间前妻为儿子买房的事情前后跟我联系了不少，我们也一起看过几处楼盘。我想，这大概就是生活，我所面对，必须面对的生活。

此后，我一直没有吉安的消息，直到有一天我在电视里看见她：穿一件黑白相间的衬衫，一条浅蓝的牛仔裤，她安静地微笑着，好像在看着我。我走上去，用手抚摸她的脸，镜头一晃而过，我摸到的是冰凉的屏幕。我以为吉安再也不会跟我联系了。突然有一天，我的手机邮箱铃声响起。那是吉安的邮件，我为她设定的电子铃声。我慌乱起来，颤抖着双手，不顾秘书疑惑不解的眼神，急急忙忙打开吉安的邮件。

那是一篇小说，吉安写的小说，吉安还像从前一样写好小说先发给我看。我情不自禁地笑了起来。让我想不到的是，吉安写的居然是亚平，她是从我断断续续的叙说中了解的亚平。我像面对着吉安，也像面对着亚平一样，一字一句地细读吉安的文字。一如既往地细腻，流畅，充满温情……小说的最后，亚平坐在飞往境外的航班上，脸贴着舷窗，太阳升起来了，道道金光穿过云层，反射在舷窗上，也映亮了亚平的脸庞。

窥心 ☽

　　殷陶要去四方城参加业务培训，第一时间告诉了唐宁。四方城有她的同学，只是这些年少有交集。唐宁，算是她在那座城市里的故交。

　　唐宁正在浏览病历，收到信息后用键盘敲击一通，在屏幕上流畅地输了一行字：我休年假，正好陪你。他没说谎，确实在休年假，连续两周。即便休假，唐宁也没有其他的去处。他已习惯了医院里白得耀眼的墙壁和来苏水的味道，还有廊道窗外那株枝叶婆娑的法国梧桐。这棵梧桐树，对着办公室的南窗，只要一抬头就可以见到它。春天的新叶，夏日的浓荫，秋冬的金黄，一年四季周而复始的状态既熟悉又陌生。尤其是夏天的夜晚，月光透过繁茂的枝叶，那些重叠变幻的影子就像一泓清波荡漾的流水。困顿的时候，唐宁经常站在窗前，凝望这片无声流淌的光影，心里总有一波清泉流过。

这是四方城所有梧桐树里最美的一株。记得某天晚上他也跟湘湘说起过这样的感受。不善表达的唐宁居然会用诗一样的语言流畅地描述了这一切。这是一次超常的发挥。他为此兴奋得满脸通红，甚至想上前拥抱一下正在电脑前捣饬博士论文的湘湘。可是湘湘连头都没能抬。一股微微浑浊的气流从她有些肥厚的鼻孔里游了出来，嗤的一声，像小蛇一样地瞬间游进了唐宁的心里。

这些年，唐宁时常感到自己的心里有无数条小蛇在游动，它们在那颗鲜红的、搏动的器官上任意游走，纠缠，时而会用带着毒液的牙齿咬噬一口。

唐宁缓缓闭上眼睛，用意念按下三角形的指纹锁，一台超清的屏幕立即出现在眼前。他的目光定死在那台唯有自己才看得见的屏幕上，一颗巨大的心脏在怦怦地跳动，他用手去摸，是自己的心跳。那颗超强的器官已经坑坑洼洼，边缘不清。唐宁感到害怕，很多个夜晚都会悄悄按下指纹锁反复查看。直到有一天，他突然发现左心室的角落里有颗类似草莓的器官。尽管隐藏很深，那么地渺小，但作为一名心外科专家，还是发现了它的存在。那颗草莓覆盖着丰富的血管，肉眼可以辨别出血管里有血液流动，肯定是一颗新心，唐宁松了口气。

　　唐宁也曾试图偷看湘湘的心脏，每次输入他为湘湘设定的密码后总是接收不到信号，就像小时候家里的那台黑白电视机，从头到尾飘洒着密密匝匝的雪花，那台电视机至今还端放在母亲的床头柜上，被一块洁白的，带着流苏的针织台布盖住。这是父亲用自己发明的第一个专利奖买来的。缀着流苏的台布是母亲手织的。唐宁还记得那个夏天的傍晚，父亲像个凯旋的将士被人簇拥在客厅里。父亲看一眼站在房门口的母亲，母亲莞尔一笑，父亲快速地拆除了外面厚重的包装。唐宁站在旁边，父亲的手在微微颤抖。父亲将电视机稳稳地抱到那台荸荠色八仙桌上的时候，唐宁觉得心快要跳了出来。那夜，唐宁几乎没有入睡，他知道父亲和母亲也没有睡。他们的浅笑与絮语被黑暗断断续续地切割，那些被竭力压低的声音零碎地从不太紧密的门缝中渗漏出来，又骤然消失在黑暗中。那一夜屋角的虫子也没睡，倒是那台黑白的机器在黑暗中睡得酣畅淋漓。第二天放学回家，唐宁看见母亲坐在那把早已磨出包浆的黄藤椅上，右手的大拇指和中指捏着一把不锈钢针，小拇指上绕着几圈雪白的纱线，一块团花像朵盛开的雪莲从左手上抖落下来。

　　唐宁的父亲是第二年夏天去世的，在母亲如一把火正烧得红通通的年纪。父亲走后，唐宁的母亲将那台黑白电视机移到自己的房间，从此不再打开。有几回，唐宁偷偷摁下开关，屏幕上除了一团嚓嚓的雪花，还是一团嚓嚓的雪花。三十多年，那台电视机放在母亲的床头，从来没有改变过位置。直到有一天湘湘随他回家，趁他与母亲不在，叫来了一个收废旧物品人。几经辗转，那台机器才又重新回到母亲的床头。只是从那以后，母亲坚决不肯再随他们去四方城。

很多时候，唐宁真想用手术刀剖开湘湘的胸腔，去看看她这个千年修得共枕眠的人究竟长着一颗什么样的心。"千年修得共枕眠"是湘湘常常挂在嘴边的话。因为这句话，唐宁时常想起父母。父亲走了三十年，母亲这三十年就一直待在老家，哪儿也不去。那个父亲和母亲曾经共同居住了十多年的小四合院在周边装修风格迥异的建筑群中显得格外破旧。尤其到了秋冬，屋脊上的蓬草、瓦松在风中乱舞，凄惶得很。唐宁想把老屋修葺一下，母亲不说话，伏在父亲坐过的那张老旧的办公桌边，不紧不慢地临着赵孟頫的《寿春堂记》或是苏东坡的《寒食帖》。半天才停下手中的笔说："等我走了随你怎么弄。"唐宁的眼睛立即酸涩起来，抬头看一眼挂在墙上的父亲，父亲的眼睛在那层厚厚的玻璃镜片下好像也有些湿润。唐宁知道，那是屋里白炽灯泡的反光。毛毛这几年因为害怕挂在墙上的爷爷，不肯随他回老家。她还说这个房子旧旧的，院子里有股臭臭的味道，奶奶好老好老。房子确实旧了，那股臭臭的味道是从下水道冒出的。父亲离世后母亲一直素食，脂肪与蛋白质摄取不够导致皮肤干燥松弛，头发也变得灰白，尤其是头顶和两鬓像沾了几片剔净的鱼骨。这些年，母亲把带花的衣服全部处理了，家中没有一丝亮丽的色彩。除了春节院门上的对联，家中能找到的红色就是父亲与母亲的结婚证。那张方方正正的证书就压在床头柜的玻璃台板下，红双喜下是并肩而坐的父母。唐宁在夜里醒来，总会想起母亲的床头柜，柜上的黑白电视机以及压在玻璃台板下那张红色的证书。他与湘湘的结婚证书与这形状不同，是两个小小的、红色的本子。这些年，湘湘的脾气越来越大，床头柜上的药瓶也越堆越多。先是同仁堂巢倍滋、美国大豆异黄酮，后来是补佳乐、克龄蒙。药吃了不少，脾气却丝毫没有改善。湘湘说这是遗传。湘湘的母亲就是这样，直到去世前都没改掉发脾气的毛病。湘湘易怒，一件平常不过的事情会吵得脸红脖子粗，如机场一般平坦的胸脯剧烈起伏，好像随时就会把人吞没。吵架的时候，她会把那个红本本翻出来，重重地摔在唐宁脸上："有能耐，你去把红的换成绿的！"每次，唐宁都会俯下身子把小红本拾起来，一声不吭地重新放到抽屉里。然后推开小房间的门，看一眼正在写字或是已经熟睡的毛毛。这几年毛毛去了寄宿学校，湘湘再摔红本本的时候，唐宁就去看床头柜上毛毛的照片。毛毛有一双好看的眼睛，随他。唐宁的姑妈说过，像爷爷。湘湘被虫咬一般："胡说！"姑姑说："那是一根藤上的瓜。"有几次，唐宁在湘湘扬起红本本，以胜利者的姿态站在床头的时候突然把她扑倒，强行行使了小红本赋予的权利。当他光着身体躺在床上，看着湘湘慢吞吞地套起内衣走进卫生间的时候，脸上就会闪出邪恶的笑。

看到自己的心脏骤然变大了许多，突然心跳加速。他又忍不住要去偷看殷陶的心脏，那颗心在蓝色的屏幕上节律地起伏，他把自己的心慢慢重叠在殷陶的心上，缓缓闭上了眼睛。

毛毛越来越不愿意回高厦老家了。尽管唐宁一次次告诉毛毛，墙上的那个人是她的亲爷爷，是爸爸的爸爸。毛毛还是把扎满彩色毛球的头颅甩成一道七色光："那人不是，我爷爷在四方城。"唐宁的心像被马蜂蜇了，疼上好几天。这几天里，唐宁是沉默的，不跟毛毛说话。湘湘说："孩子一点儿没有错，她没见过墙上的那个人，她从小就是外公带大的。说外公是亲爷爷一点也不为过。怎么跟自己的孩子过不去的？真是小心眼。"湘湘压根就不愿回高厦，那座破旧的小院对于住惯了四方城繁华地段高档公寓的她来说，的确有着云泥之别。唐宁能理解。如果自己不是湘湘的丈夫，那个处于高厦县城南门外的破房子，以及这座房子里所有的东西跟湘湘根本没有半点儿关系。以致后来的春节都是唐宁一个人回老家。他选择在除夕的傍晚回来，给父亲烧点纸钱，陪母亲吃个年夜饭，大年初一的早上给五服之内的长辈拜个年，下午就匆匆离开。他得赶回去跟湘湘、毛毛还有湘湘父母一起过年。湘湘说："大年初一一家人不在一起过，就等于没有团圆。"唐宁在意这句话，抑或是更在意团圆这两个字眼。以至于很多时候在湘湘与母亲之间，他违心地站在湘湘，也就是自己的小家庭这边。唐宁抬眼看了一下日历：九号。明天又到了他向湘湘转账，也是湘湘主动尽义务的日子。只有这天，她才会早早洗漱，催促着唐宁上床。太贵了，一次两万。这句话，唐宁无数次在心里说过。

　　唐宁做过几百例的心脏手术，所有病人的心脏都记录在电子病例里，唯独殷陶的心脏被他藏了起来。他至今还记得殷陶的心脏，记得上面的每一根血管和每一根神经。十多年前，在医院心超室，他亲自为她做的超声波检查，也是自己亲手给她写的病历。后来，又是他亲手操刀，为她修复了三十多年没有完全关闭的二尖瓣。这是他离开高厦县后，第一次与殷陶如此近距离地、亲密地接触。他曾亲手触碰过殷陶白瓷一般的肌肤，触碰过她那颗滚烫的、跳动的心脏。想到这里，唐宁身体迅速地发热，他抬头看一眼窗外的那棵梧桐，急促地又打了一行字：梧桐叶落了，一片金黄。

唐宁生下来就具备一个理工男的超强大脑和非凡的动手能力。上小学的时候，老师经常问学生的话题就是长大了想干什么？唐宁跟大多数的男生回答一致：想当科学家。这么伟大的理想当然很难实现，可是唐宁却实现了。若干年后，他不仅成为业内知名的心外科专家，还跟他的父亲一样，发明了好些国家专利。看到这句话的时候，殷陶笑了。她笑唐宁这个标准的理科男居然会这么文艺。这算是唐宁与自己第一次约会。在此之前，殷陶是唐宁的病人，抑或是医患关系延伸出来的朋友。其实，这些都不正确。她与唐宁的确是故人。故人这个词，是殷陶左右考量之后的定义，唐宁不知道，就像自己不知道唐宁将自己定义成什么一样。

唐宁立即开始梳理这几天的安排。这是结婚以来第一次单独陪湘湘以外的女人。有两个晚上他失眠了。直到后来，他强迫自己服了一片艾司唑仑。当白色的药片随着温热的白水从舌根到咽喉，然后滑向食管，再慢慢进入胃部的时候，唐宁突然又从屏幕里看见了殷陶。殷陶的整个人是透视的，他看见殷陶的上消化道，有两个小小的白色精灵在一片粉红色的黏膜中游走，在翻腾的小气泡中跳舞，然后变得越来越小，直到看不见。殷陶也吃安眠药，唐宁做了一个深长的呼吸。随后倦意就像涨潮的海水将他包裹，显示屏上的图像也随之模糊起来。唐宁在有些混沌的意识中默念关机密码，屏幕上立即一片漆黑，就像此刻四方城的夜空。

就在出发前一天晚上，殷陶的部门领导约她乘专车同行。殷陶说已经定好了高铁票，并且与四方城的朋友约好了时间一起去看紫金山和章泽湖，抱歉不能同行。电话那边还没来得及掩藏好轻松的语气，殷陶就将电话挂断了。她仰望深蓝的夜空，尖削的下巴像极了天边的弯月。

唐宁选择在湘湘上课的日子陪殷陶。湘湘是四方城里一所知名高校的教授，毛毛上的是一所昂贵的私立学校。湘湘经常强调唐宁每月转来的工资只能支付毛毛的生活费、学费、各种培训费和日杂费。自己不但没有花过一分，还要为这个家做兼职、理财。她嫁给唐宁这些年也没有妻以夫荣，而是像只猎鹰一直盘旋在在四方城里的上空。她抱怨，在四方城，太多像他们这样的高知家庭都把孩子送到境外，都拥有两套甚至是多套住宅，驾驶着各种型号的BBA。而他们的女儿还在国内，银行卡上的钱也迟迟赶不上飞涨的房价。湘湘至今开着那辆有些笨重的国产车。她至今都不明白一个省内甚至国内知名的心外科专家怎么就这么点儿收入？也想不明白唐宁为什么要捣鼓那些根本就不值钱的发明。她跟唐宁说过，有些红包是可以收的，有些讲座是可以去的，除了会诊，也可以走穴。那是周边三四线城市小医院以及病患求之不得的，是双赢的好事。她很不服气对面"绿地"住着的一个小外科主任，开锃亮的奔驰，而他那个颇有姿色的全职太太连买菜都会挎着老花的敞口驴包。她说如果唐宁每周去周边城市走穴一到两次的话，她可以为他买一台宝马。她也暗地里摸过行情，不出一年，就可以稳稳地把宝马的成本收回。唐宁动过心就是不行动。湘湘恨他没胆量。"人有多大胆，地有多大产。撑死胆大的，饿死胆小的"。直到省中心医院骨科因为胆大出了事，湘湘才停止了这些理论。唐宁也总算松了一口气，也暗自为自己的胆小感到庆幸。

唐宁站在穿衣镜前，一边扣纽扣一边规划行程安排。他得提前半小时起床，洗澡。七点钟做早餐。湘湘上课的日子是不会给他留早餐的。他得自己热牛奶，煎鸡蛋，切牛肉，涂黄油面包，撬坚果，削苹果。在这之前，家里早餐都是湘湘母亲做的。那是标准的中国式早餐，稀饭、馒头加一只水煮蛋，一盘酸到倒牙的豆角。那时他们还挤在老城区的两居室。每天早晨，唐宁就会在各种声音中醒来。准确地说是在拖把来回捣鼓的声音中醒来。那是一只塑胶的拖把，很好用。湘湘母亲常常用它在地板上滚过一圈后，满意地扯下黏在拖把头上细碎的毛发。长的、短的、黑的、黄的、粗的、细的，还有交织在一起，被压缩成线状的棉絮和布屑，然后再将它们扔进那只塑料的垃圾桶。而后就是湘湘父亲介于咳嗽与呕吐之间的声音。那是慢性咽炎的他正在卫生间用力地刷牙。早晨的二居室里永远慌乱而又杂乱。唐宁跟湘湘说过，拖地完全可以在他们都上班以后，可是湘湘说每个人都有自己的生活习惯。她的母亲即便是大早起床不拖地，也会有厨房的声响。这个家可以没有声音，可是请问家务谁来做？毛毛谁来带？话说到这个份上，唐宁无论如何也找不到反驳的理由。慢慢地，他习惯了在医院。直到后来毛毛住校，湘湘父母在小区附近租了一套一居室，他还是习惯待在医院里。

唐宁边吃早饭边计算着时间，大约一个小时的车程就可以抵达殷陶住的酒店。唐宁还知道在那个酒店不远处有一家四季花店，他要买一束百合，半开，不要洒香水。因为殷陶身上的香气足以把这束百合熏染。殷陶需要充足的睡眠，还需要一顿丰盛的早餐，当然，更需要有充裕的时间化妆。包括穿衣服，洒香水。其时他会在酒店的大堂等上半个小时，那时正好是早晨九点。深秋的四方城气温不高，这个点正是一天中阳气上升的时候，唐宁好像看到了殷陶光洁的脸庞在阳光的照射下泛出两片酡红。就像第一次在老家的梧桐树下看到她一样。那时候，他还不知道那是典型的二尖瓣脸。那是三十年前初夏的清晨，那天，唐宁刚从县医院下夜班回来，与穿着一身红色的衣服，骑着红色轻骑的殷陶擦肩而过，风过处，一阵淡淡的香气。再后来，在心超室，在病床，甚至在手术台上，那股清香还在，混杂着来苏水的气味一下子钻进唐宁的心里。

车从地下车库出来的时候，唐宁从后视镜里审视了一下自己。居然发现额前有一根白发，在明晃晃的阳光下显得格外招摇。他没由来的一阵慌乱，立即用手捋了一把发梢，原来不止一根。这一发现让唐宁有些猝不及防，他从来没有发现过自己的白发。湘湘也从来没有提起过，包括他的同事。在医院，他一直都是年轻有为的中青年专家的人设，是大家眼里永远不老的常青树。后面车子在摁喇叭，声音里透着焦躁，甚至是愤怒。这年头，人们好像有太多的怨气。等个红灯，避让一个慢腾腾地过斑马线的人都会骂骂咧咧几句。就在前几天，湘湘因为绿灯亮的时候正接听一个重要的电话，只好等待下一个绿灯时，被后面的司机敲开窗户大骂了几句。当时的湘湘被骂懵了。回家后气咻咻地向唐宁诉说。唐宁说可能人家真的是遇到了什么急事。湘湘气急脸红，定要去找交警大队的同学调监控，然后去找做律师的朋友，发誓要跟那个敲窗骂人的司机讨个说法。这些年，湘湘在四方城积累了很多人脉资源，也善于利用这些资源。她很开心大家赞誉她"长袖善舞"。她说资源就跟手中的权力一样，不用浪费，过期无效。喇叭声越来越急促，不只是后面的，还有再后面的。唐宁立即踩动脚下油门。今天的路况实在不好，车辆好像也特别多。每条路都像患了严重的肠梗阻。唐宁有些后悔开车，如果是坐地铁，应该会更快一点。

车在马路上行走，弯弯曲曲，像一条蜿蜒游走的长蛇。唐宁记得自己刚进省城的那会母亲叮嘱他不要学开车。他知道母亲的意思，以致考到驾照后很长时间都不开车。他也发现打车、坐地铁远比自己开车更方便，不仅可以节省时间，节省汽油费，更多的是可以在车上眯会儿眼睛，哪怕就是那么一小会儿，下车后都会觉得神清气爽。他甚至觉得车上的小睡远比在家里大床上的一夜睡得更沉，也更轻松。

殷陶住的酒店在四方城的东郊，离市区比较远。虽然老旧了点，却是一处标准的园林式酒店，颇有民国时的风范。比起市区内的摩天大厦，快捷酒店确实别有一番风味。唐宁感觉自己应该提前半小时，哪怕是一小时，可是太早了又怕引起湘湘的怀疑。前段时间，唐宁因为去外地出差，回来后被医学隔离了两个星期。解除隔离后，湘湘说为了孩子和老人，让他在原先的老房子里再住一个星期。而那座老房子里除了已经发霉的家具和不能抽水的马桶外，还有客厅条柜上镶着黑边的湘湘母亲的遗照。尽管照片上的老人面目慈祥，唐宁的心里还是有些害怕。在四方城，像这样二手的两居室很好卖。面积小，价格很适合像唐宁当年一样刚从县城或是农村挤进都市的年轻人。可是湘湘硬咬着牙坚决不肯卖，她说现在正是房地产低迷期，卖涨不卖跌。唐宁相信她的判断不会错，她确实是理财高手。这几年，她硬是将家中有限的资产通过理财手段慢慢扩大。从两居室到大平层，从老城区到市中心。湘湘因此居功自傲也说得过去。唐宁几次想把房子租出去，湘湘却坚持要摆放母亲的照片，那是她和她父亲唯一可以和母亲说话的地方。唐宁一下子就想到了高厦老家堂屋里一直挂着的父亲的遗照。

　　湘湘母亲是在毛毛上中学后去世的。论她对唐家的功劳说大过天一点儿都不为过。在这个家里，老太太从来没把自己当外人。她顶着两个儿媳的压力，为女儿操持着家务。牺牲了酷爱麻辣的味蕾，跟着女儿一家吃着甜腻的淮扬小菜。湘湘喜欢拿唐宁的妈妈来做比对："姆妈，你皮肤白。穿花哨的衣服显年轻。不要学高厦的老太太，把自己弄得像修行的居士。""姆妈，高厦的老太太吃素，你不能。你要带毛毛，做家务，消耗大。一定要多吃，每天的牛奶不能断。"后来，连毛毛都称唐宁的妈妈是"高厦老太太"。

唐宁不想发声，确实，自己的母亲没有为他们的小家出过力。她总说她的家在高厦，不在四方城。湘湘母亲则说唐宁的母亲就是拉二胡的，自顾自，这句话是唐宁无意中听到的。那一夜，唐宁的心脏跳得极不规律，像是要蹦出胸腔。于是他在黑夜里再次默念那台隐蔽的透视机器，他又看见了自己的心脏。那个器官上密布了无数条流动的血管，比多普勒清晰数倍的声效似万马奔腾，又像决堤的黄河一般，似乎要将这个漫长而又寂静的长夜活活地撕裂。

今天的红灯好像特别多，他几次在等待的空隙想掏出手机给殷陶发条语音："路上拥堵，可能会迟到。"终究还是控制住了自己。其实在手术之后，他与殷陶根本没有见过，一切悄然无息。如果不是因为自己无意中关注了一个叫作"眉峰碧"的公众号，他与她或许从此再无交集。这让唐宁更加相信世间万物皆有缘，生命中遇到的每一个人都不是偶然。该遇见的，一定会遇见。他沉迷于殷陶的文字，就像沉迷于手术一样。他在殷陶的文字里有些恍惚，以致忘了世间还有惊涛骇浪，四季更迭，常常觉得桃红李白还没看够春天就谢幕了。殷陶笔下的山水风物早已在他的心中提炼成一种审美符号，拷贝在自己的心上。慢慢地，竟成了身体力行的情感反哺，有了精神上的血脉瓜葛，也成就了内心那种源源不断的驱动之源。这一切使得他不甘于在虚拟的世界里与殷陶对话。他迫切地想要与殷陶在现实生活中产生交集。想到这里，唐宁的心跳加速，他知道是那颗小心脏的血流在高速运行。这颗小心已经迅速长大，并且从量变到质变。他下意识地用手摸了一下副驾驶上的那只布包，里面是为殷陶配的中药饮片。殷陶说过因为创作睡眠不是很好，这些日子情绪也有点低落。这些药是他请本院一位著名的老中医开的。老中医退休后归隐乡野，唐宁开车去拜访，还带了两瓶珍藏了十几年的美酒。湘湘也说过想看中医，唐宁却说补充雌激素远比中药来得更直接。

　　唐宁远远看到了园林标识。不一会儿就驶进大门，沿着梧桐大道，随着指示牌，很快就来到了殷陶住的8号馥芳楼的主厅前。唐宁知道这是酒店的景观楼。每个房间都有落地的门窗，站在窗前，可以看到户外整片水景，梧桐树点缀其间。四围紫金山，如屏障一般。远山如黛，近水含烟。

挺拔的门童迎了上来，准备引导唐宁停泊在指定车位。就在他摇下车窗的时候，一对银发的老人闯进他的视线。他们正挽着膀臂从酒店的大堂出来。玻璃门窗反射的阳光涂满了他们的面庞，金灿灿，暖洋洋。那个穿着得体，颇具绅士风范的男士正是湘湘的父亲。

那一霎，唐宁愣住了。他感觉到自己骤然停止了心跳。眼看着一对老人向梅林方向走去，越走越远，走进一团和煦的光影之中。在门童的催促下，他没有意识地将汽车倒进了车位。半晌，像还魂一样拿起手机给殷陶打电话。一次，两次。电话那头是接线生不急不慢的回复：Sorry……唐宁下了车，到前台请服务生打了房间电话，依然没人接听。此刻的唐宁像拧干了水分一般，无力地瘫倒在沙发里。他有些吃力地举起手机，给殷陶发了两条信息。微信对话栏的条框像一座小小的城墙将几段黯淡无光的文字包裹，一动不动。而殷陶的头像依旧在那，浅笑嫣然。

一个服务生说，昨晚送水果的时候房间就没人。另一个说一大早看见一位女士穿着一件大红色羽绒棉衣出门，不知道是不是这位先生要约见的人。唐宁无力地闭上眼睛，有些慌乱地默念那台机器的密码，他看见殷陶的心脏了。心率 72 次 / 分的节奏，健康有力。一点看不出有过二尖瓣修复过的痕迹。突然，他发现了另一颗跳动的心脏的影像，正慢慢地向这颗心脏靠近，似乎快要重叠，慢慢又拉开距离，而后再次聚拢……唐宁坐直了身体，就在他试图看清这一段影像的时候，信号突然中断。

"下雪了。"有人叫了起来。唐宁抬起头，一眼瞥见大堂的电子日历：壬寅年九月十九。他有些怀疑地看了一眼自己的手机，屏幕上显示的是同样的时间。而这一年，却是辛丑年。

麦子熟了 ◗

　　每到麦收季节，金贵宝都要回趟老家。他先乘公交到县城，然后打个出租一脚开到自家田头的那条宽大平坦的大埂上，蹲在田头，看上半天麦浪，嗅上半天麦香，心中会就升腾起一种酒足饭饱后的满足。随后才会走回村东头的那个青砖黑瓦的大宅院。这是金贵宝乡下的老屋，院子很大，一溜青砖瓦房，冬暖夏凉。篱笆上爬满牵牛花。院门口有一棵柿子树。金贵宝家原来有八亩地，后来因为劳力不够，将其中的四亩转给了村里的戴老五。妻子玉妹不乐意，地不种就不种了，还要留一半，说到底还是农民！金贵宝说自己就是农民，将来他们的儿子也要做农民，新农民！玉妹只当他是疯话。

　　金贵宝这几天有些坐立不安。连做梦都说闻到了麦香。

眼见收割的日子快到了，他要挑个晴好日子下乡去，还打算把转让给戴老五家的那四亩地再要回来。玉妹说自己生孩子的时候也没见他这么失魂落魄，她怎么也想不明白，金贵宝对乡下的几亩地比对儿子还上心。

除了惦记乡下的那几亩麦田，金贵宝这几天也盘算着买车。想来真有意思，刚开始的时候，他特别羡慕开拖拉机的根宝，总想着自己什么时候也能开着东方红一号，戴一副棉纱白手套，后面驮着花枝招展的新娘子。后来，他又想买艘挂桨船，白天水上跑运输，晚上回来喝几两老酒，自由自在过日子。自从进城搞装修，他又想买个小皮卡，前面坐人，后面拉货，经济又实惠。金贵宝的算盘精。他算过一笔账，一辆车起码价值十几万，再加每年的保险，汽油耗损费维修，够他坐一辈子公交，打多少年出租。可每当自己骑着油漆脱落，脚踏生锈的电动车去谈生意，他能感觉客户的目光就像两根芒刺，戳得他又酸又痛。他甚至怀疑几次谈好的生意无端的黄了，就是因为自己没有一辆拿得出手的好车子。

玉妹早就想买车了，眼看着张三开丰田，李四买宝马，她眼热。尤其那个王五，买了辆奔驰，节假日一到就往老家跑，人五人六威风得不得了。都是一起从村里出来的，唯有他回家坐公交，打出租，给人一副寒酸样。玉妹得了空就在金贵宝的耳朵边捣鼓：买辆车，选个好日子开回老家，烧斗香，供猪头，然后风风光光地在桥南桥北转上一圈。

促动金贵宝买车的他八十岁的老母亲。上次清明回家，烧完纸钱，拜完祖宗，老母亲拽着他的胳膊，从堂屋拽到房间，抖抖索索地从枕套底下摸出一只鼓鼓的、有些发黄的信封："贴你的买车钱。"

金贵宝直推："妈，我不缺买车的钱。"

"缺不缺，都给你。过年把车开回金家庄！"

"现在交通方便得很，明年年底就通高铁了。二十分钟到家。"

老母亲摇着头，随着摇晃的还有手上的那只鼓鼓的信封。金贵宝心里不知道是个啥滋味。

金贵宝孝顺。整个金家庄没有人不知道。要不是舍不得丢下寡居的母亲，他早就到城里发展了。庄上人都知道，就他现在的家底，别说买一辆车，买两辆，三辆都不是问题。金贵宝从小就机灵，个头虽然不高，全身有使不完的劲儿。那年夏天村头的老榆树上不知道什么时候多了一个老鸹窝，成天叫，吵得人心烦。村里人早就想把这老鸹窝给端了，可是树高，没人敢上去。只见放学回来的金贵宝甩掉脚上的解放鞋，对着手心"呸"地一口吐沫，搓搓手蹭的一声爬上了树，一举端掉了老鸹窝。村里人称他就是一只"活猴子"。

当年的金贵宝跟永强最要好。两个同龄人从小在一起长大，一起上树掏鸟窝，下水摸鱼虾，就连尿尿都要并排站。

永强有个妹妹叫秀珍，比金贵宝小两岁。白白净净的瓜子脸，瘦瘦的身材双眼皮，说话声音软软的，好像没有二两力气，就像电影里的林黛玉。秀珍有事没事喜欢跟着永强和贵宝后面跑，永强想着各种法子赶她走，叫她不要扎在男人堆里。金贵宝便出来做拦停，得到哥哥的允许后，秀珍朝他抿嘴一笑，脸上漾起两朵红云。秀珍果然不吵不闹，就这样跟在他俩的身后。每当他们玩累了或是觉得肚子饿的时候，秀珍就会从口袋里掏出一把炒蚕豆，几块晒干的馒头角子。看着哥俩闭着眼睛嚼着蚕豆和干馒头，秀珍咻咻地笑出声来，不经意间会瞟金贵宝一眼。接触到秀珍异样的目光，朦胧地感觉到秀珍喜欢自己。这种感觉使得金贵宝不安，因为他喜欢宝凤。

宝凤家住桥北，比金贵宝低一级。乡村中学规模小，来上学的都是附近的孩子，校长闭着眼睛也能将全校的人头数过来。同学之间熟识的程度更不用提。宝凤天生会打扮。乡下女孩穿衣服不懂搭配，红色的春秋衫里面常是绿色的毛衣。宝凤就在心里暗笑"红配绿，赛狗屁！"宝凤穿红色外衣时，一定配白色或黑色内衣，搭一条灰色的裤子。衣服的身腰窄窄的，前面鼓鼓的胸脯有点包不住，稍一动就会露出结实的臀部，远看就像一只美人壶的瓶身。宝凤爱笑，有事笑，没事也笑。笑起来还没完没了。"女笑三分痴"，女生大多不喜欢她，可是宝凤心里清楚得很，那些女生其实心里是羡慕。男生表面离她远，心里却喜欢她。金贵宝也不例外。一个暮春的午后，金贵宝对宝凤的感觉起了质的变化。

那天有点燥热，上完体育课的金贵宝满身大汗，下课便匆匆忙忙跑进厕所将里面的衬裤脱下来。棉布的衬裤吸足了汗黏在两条腿上，金贵宝费劲脱下衬裤又去河边洗了一把脸，上课铃声响了，又慌得他急火火地向教室奔去，正巧宝凤从对面过来，慌乱中两人撞了一下，宝凤的手正好触动到金贵宝要害的地方。

从那天起，宝凤就常常出现在他的梦里。梦里的宝凤有时候跟他好，有时候跟他生气。金贵宝的心散了也乱了，他读不下书，也很少跟同学们一起结伴去疯闹，一放学就钻进自己的房间里想着宝凤。每次下课铃一响，金贵宝就会第一个冲出教室，假装去操场看同学们做游戏，其实在寻找宝凤的影子。女孩子喜欢跳皮筋。两个女生拉起一根橡皮筋，另两个女生在长长的橡皮筋上像跳芭蕾，橡皮筋的高度像调高的横杆，从脚踝处一点点向上移，慢慢移动到胸前，跳动的难度也越大，跳不好就换位，谁先完成谁是胜者。

宝凤发育好，个子高脖子长，胸脯很丰满。跳动的时候胸脯也跟着一上一下抖起来，就像两只小兔子，看得金贵宝心里突突的，浑身涨热。每每这时就很紧张，后来他想到一个好法子，把两只手插在裤子的口袋里，绷紧裤子往前撑，谁也不会发现，模样还挺酷。

金桥中学到金贵宝家不过三四里地，中途要经过一座坟地，那晚的月亮很大也很圆。月光水一般清澈。金贵宝一边走一边想着宝凤，这时候他有点尿急。环顾左右，月亮这么好，照得见路上散落的行人，他只得夹紧双腿，踮起脚一溜小跑，钻进了前面的桑树林里。

一阵稀哩哗啦，金贵宝顿觉全身轻松。就在他整理衣裤返身时，突然听到对面一阵窸窸窣窣，还伴随着女孩子轻轻的笑声。

"宝凤？"金贵宝的心一下子揪了起来。宝凤的声音再熟悉不过了。这么晚了，她来小树林干什么？金贵宝闪身躲在一棵桑树的后面。女孩果然是宝凤，跟着她的是一个个头高挑的男生，金桥村支书金长富的儿子金大林。

“宝凤，你喜欢我吗？”

“傻呀，不喜欢能跟你到这里来啊？”宝凤抬头睨着金大林，月光下两只凤眼热辣辣的。

“宝凤，你知道有多少男生喜欢你吗？”

“你瞎说……”宝凤扭动着腰肢，“说来听听？”

金大林于是一五一十地开始报人名。金贵宝竖起耳朵，心里像打鼓似的。

“金贵宝也喜欢你。”金大林肯定地说。

“不会吧？他高我们一级呢。”宝凤噘起嘴巴。

“真的，我那天就看出来了。”

“不会看错吧？”

“怎么会？贵宝不错！讲义气，重感情，在金桥中学算是个人物，你说是不是？”

金贵宝觉得自己的心快要跳出嗓子眼，两只耳朵像兔子一样支棱起来，眼睛眨也不眨。宝凤什么都没说，只见她拉过金大林，跟自己面对面站直了，比划着高矮验个子。宝凤穿了一双带着点高跟的黑绒布方口鞋，头尖正好对着金大林的鼻梁。

“大林……你看，我们站一起，身高差距正合适。要是金贵宝跟我站一起，一定是他齐我的鼻尖。”宝凤比划着，笑出声来。

"个子是矮了点儿。人倒机灵。"

"机灵要看在哪用，用的不对叫歪才！你看他个头跟成绩一样差，考上高中还说不准，弄不好就跟他爸一样烧窑的命！"宝凤说完盯着金大林。

"那你喜欢我什么？"金大林一下子来了劲。

"你跟他们不一样！"宝凤的声音在夜色里玻璃样嘎嘣脆。

金贵宝变得沉默寡语，个子矮成了他心中的伤。拗不过永强的追问，金贵宝便将心事告诉了永强。

"金大林不是个什么好东西！笑你个子矮？他金大林个子高，能上得老榆树？游得了澄子河？我看宝凤是有眼不识金镶玉，错把黄铜当废铁！"

看着愤愤不平的永强，金贵宝乐呵起来："我也不像你说的那么好。"

"谁说的？金桥村谁不知道你人厚道，讲义气重感情，什么活儿都能干。将来一定有大出息。"

金贵宝最怕别人夸，不好意思地直摇头。永强搂过他："将来你一定能找一个超过宝凤的，不蒸馒头争口气，我们用功学习考上菱川高中给他们看！"

七月上旬，中考成绩揭晓，金贵宝和永强榜上有名。在那个年代，农村孩子能考上高中不容易，还是地区的重点学校。一时间，笼罩在金贵宝心头的乌云被吹散了，他再次变成了金桥村的名人。他的父母逢人就笑，还把家里收着准备去集市上卖的鸡蛋拿出来煮了，散给道喜的庄邻。

没曾想一学期后，金贵宝就闯下大祸。在一个晚自习后，失手打伤了镇上几个来学校闹事的无业青年，其中一个还被打折了腿。尽管金贵宝是见义勇为，但是事情闹大了，当地派出所已经介入调查，菱川中学受到县教育局通报批评。班主任即将到手的中级职称也被取消。老校长做了自我批评，菱川中学门口挂了好多年优秀学校的牌子也被摘掉了。

辍学回家后的金贵宝人瘦了一大圈，躺在西屋的木板床上成天不出门，低矮的屋子里像是笼罩在一片阴云之中。庄邻知道后很惋惜，也为他鸣不平，他们纷纷上门安慰贵宝的家人。来人都不空手，刚下的鸡蛋，新春的糯米，鲜活的蔬菜，出水的鱼虾，也有人抱来下蛋的老母鸡。老校长也来到了金贵宝家。白炽灯泡下，三个男人围坐在一起。金贵宝一言不发，金大妈站在房门口，眼睛是肿的。

"老金，今天我来是为了贵宝的事。"老校长吸了一口烟。

"孩子闯了祸，给你们添麻烦了。"金大伯拿烟的手微微颤抖，金大妈转过头，抹起了眼泪。

"这不全是孩子的错，我们……"

"李校长，事情都已经过去了，咱不提。"

"你不提，我这心里不安。孩子在家也不是个事，我的想法是让他在家休息一年，等明年事情过去了，我再去找找教育局的领导，看能不能复读。"

金贵宝抬起头，一字一顿："好马不吃回头草。"

空气有点凝固，沉默了一阵后，还是老校长开了口："既然这样，我看还是先找个事情做起来吧。你看啊，村里的年轻人都出去了，打工的，学手艺的，最不济在镇办厂上班。贵宝聪明，我看还是学门手艺，荒年饿不死手艺人嘛。"

一个周末的上午，永强来看他了，后面还跟着他的妹妹秀珍。一年多时间里，秀珍长高了，比以前更秀气。真应"女大十八变"那句古话。金贵宝隔着窗户看着笑吟吟的秀珍，突然又想起宝凤来了。他在心里对自己"呸呸"了两下。

"永强来啦。"金大妈妈在院子里洗被子，看见永强来了，连忙用沾满肥皂沫的手指了指西屋。"大妈，我来帮你洗被子。"秀珍挽起了袖口。

"哎呀，这怎么行？"金大妈用胳膊挡住秀珍。

"不碍事，闲着也是闲着。"秀珍一脸甜样。

金大妈的心里突然一动，随即开心起来："好好，一块洗。今天中午就在大妈家吃饭。"秀珍低头一笑，没有拒绝。

　　金贵宝跟永强一直在房间里叽叽咕咕，也不知道说了什么，听到了儿子的笑声，金大妈的心里宽慰了许多。锅屋里，金大妈在灶膛烧火，秀珍在灶台上帮忙。红烧肉，煮鲫鱼，炒韭菜，炖鸡蛋，两个人忙得不亦乐乎。金大妈的脸被灶膛里的柴火熏得红通通的。从此，秀珍成了金贵宝家的常客。

　　一个午后，秀珍来找金贵宝借一盒磁带。磁带在衣柜最下面的抽屉里。他蹲下身子，打开柜子翻腾起来。不一会儿矮柜上堆满了磁带，就是找不到秀珍要借的，看着空空的抽屉，他有点沮丧地站起身，可能是蹲得太久的原因，他的腿一软，一个趔趄，正好撞在秀珍的身上。秀珍本能地抱住他，当两个年轻的身体贴在一起的时候，一种别样的感觉从金贵宝的心头升起来，水一样软，他愣住了，一动不动。秀珍推开了金贵宝，转身跑了出去。

　　金贵宝和秀珍并排躺在棉花地里，双手枕头，看着天空中的朵朵白云，蓝天下一片金色的稻田，正随着秋风翻腾着，波浪一般绵延，一直与那片蓝色连接在一起。就在那金色与蓝色的交接之中，有几个挥动着镰刀的身影，他们被那片无边的金色包围着，层层叠叠，图画一般。金贵宝就这样静静地看着，一直看到圆球一样的太阳滑进那片金色之中。

金贵宝不想出去打工，也不愿意学手艺。他有自己的想法，觉得在老家挺好，陪着老娘，包一口鱼塘，养一栏鸡鸭，再过几年买台收割机，做个种田大户，过着春种秋收的日子，心里踏实。看着一亩亩荒弃的土地，金贵宝的心里有一种说不出的难受。广播里每天都在宣传国家支持"三农"的政策，听得他的心里热乎乎的，总感觉有一股热血在沸腾。金贵宝把自己的想法告诉秀珍，问她喜欢不喜欢过这样的生活，秀珍莞尔一笑，"你喜欢我就喜欢。"金贵宝愈发坚定了即便种地也要种出点玩意儿的念头。直到有一天，秀珍红着两只桃子一样的眼睛来找他……

金贵宝不相信自己的耳朵，坚决不允许秀珍与自己恋爱的居然是永强。他去找与永强说个理由，永强只说了一句话，他不能看着自己的亲妹妹嫁给一个泥腿子。金贵宝不知道自己是怎么回的家，他只记得自己几口喝下半瓶粮食白就迷迷糊糊地昏睡到第二天的下午。

晚上秀珍来了。说他哥的话不是没有道理，现在谁还愿意做农民？你看看这村子里，除了老人小孩在留守，几乎不见年轻人的影子。不光是他哥这样说，就连村子里最老的金八奶奶见到金贵宝也会问他怎么还不出去讨生活，谁能指望这荒田懒地里长出金元宝来？金贵宝看着秀珍，仿佛不认识她。秀珍抓过他的手，也被冷冷地推开了，他两只眼睛直勾勾地望着窗外，一句话也不说。秀珍是哭着离开的。看着秀珍远去的身影，金贵宝一口气跑到澄子河边，扑通一下跳了下去。深秋的澄子河水已经冰凉，金贵宝在这彻骨的寒冷里拼命地划水，当他颤抖着身子从河里湿漉漉上岸的时候，突然有一种释怀的感觉。

金贵宝决定出去打工了。和千万个农民工上城一样，带着简单的行李，怀揣梦想，跻身在潮水一样的人流中来到了北京，经人介绍到了一个建筑工地，工作很辛苦，干一天十五块钱，减去吃住，一个月也就是三百块钱左右，工资还得半年才能结算一次。每天大早出门，晚上拖着疲惫的身子回到那间矮小破旧的工棚。城市的热闹与繁华从来不属于他，能容纳他的只有那张不足一米的小床。他的梦里经常有一片绿油油的土地，有被露水打湿裤脚的清晨，村庄掩映在一片金色的麦浪里温暖又明亮……醒来后的金贵宝看着钢筋混凝土之间的天空，灰蒙蒙的一片。

玉妹跟金贵宝是一起打工认识的。她看中了金贵宝的朴实与勤劳。她是北京郊县人，皇城根下行走，到底见识不一样。在玉妹的支持与帮扶下，他们一路打拼，从北京辗转来到老家淮扬市，在北区买了房，并且注册了一家装潢公司。从此，他们就成了真正的都市人。

金贵宝决意买车了。为此他给自己定了一个基本的调子：不再去外面的浴室洗澡。这样每月可以节约一百多块，汽油费就在澡资里开销，小账不可细算。淮扬人喜欢泡澡堂子，就像四川人热衷打麻将，成都人挚爱茶馆一样。淮扬市大街小巷随处可见洗澡的地方，档次高点的叫作洗浴中心，浴城，普通的都叫作某某浴室。金贵宝没有其他爱好，就喜欢晚上去浴室泡个澡，脱光衣服往蒸汽池上一躺，毛孔张开，任由热气渗透肌肤，直达经络，一天的疲倦与烦恼就在这热气中消散。浴客都是赤条条的，分不出高低贵贱，这一点让他感到很自在。

金贵宝终于成了有车族，一辆二手的福特在他的操纵下四个轮子转得飞快。为买这辆二手车，玉妹已经跟他好多天不说话了。玉妹要买的是新车，牌子也要说得过去。金贵宝却坚决不同意。在他眼里这辆车不知道比拖拉机、小皮卡要高档多少了。不就是个代步工具吗？搞那么奢侈干什么？他说玉妹是虚荣心作怪。自己的日子自己过，不要在乎别人怎么看。他神秘地说："我要把钱用在刀刃上！你就瞧着吧！"

春节后的淮扬市中心大道上一片喜庆祥和。家家店铺门前挂着红灯笼，贴着红福字。车来人往，热闹非常。一辆屁股后面贴着烫金对联的银灰色轿车在这如流的车海中格外显眼。手握方向盘的金贵宝满脸喜气，他要去参加一个同乡会。他们在淮扬市混得都不错，做生意的，搞小作坊的，在企业做主管的，也有考上大学分配在机关事业单位的，零零落落也聚过几回。可是这次却是一个大的聚会，是一个在上海做消防器材的同乡策划安排的。金贵宝怎么也没有想到，在五六桌人当中，他一眼认出了宝凤。宝凤比起过去更有味道了，特别是一双眼睛，好像比以前更大，更有神采。后来才知道，宝凤在一家私人医院开了眼睑，纹了美瞳线。看到宝凤的那一刻，金贵宝的心有点儿慌慌的，说不出是什么滋味。就像中考后查分一样，禁不住要深呼吸。宝凤倒大方，一脸微笑地款款向他走来。

酒宴结束后，大家都互留了通讯方式，加了微信。宝凤当然也不例外。宝凤的网名很有诗意，也楚楚可怜，叫作小手冰冷。这个字名曾让多少男人生出了怜香惜玉之情，更有一些男人把她想象成风情万种的蝴蝶夫人。金贵宝不知道蝴蝶夫人，他只是隐隐感到宝凤的出现会给他现在的生活带来变化。他相信自己的感觉，宝凤看他的时候，眼神是不一样的。这种眼神像一把无形的软钩，一点点伸到他的心里，拉扯着他。他想抗拒，却又像着了魔一样忍不住想迎了上去。

"贵宝，我有一个秘密，一直藏在心里，我想说出来，又担心……"手机上跳出宝凤发来的消息。

"什么秘密？"

"哎！还是不说吧，怕被你笑。"宝凤发来一串哀怨的表情，金贵宝仿佛看到了眉间微蹙的宝凤。

"说吧。"

"上学的时候我就喜欢你，可是我不知道你是不是喜欢我？你告诉我，你喜欢过我吗？"

金贵宝抓住手机半天没有回复，他想起了那个月夜的桑树林和那个子高高的金大林。

"你说话呀！"宝凤有点儿着急。

"喜欢。"半天，金贵宝打了两个字。

突然，宝凤发来一个接着一个的小拳头，紧接着又是一大段文字："为什么？为什么？为什么你不向我表白？如果你当初向我表白了，今天我们肯定会在一起，我一定是个幸福的女人，再不会像现在一样被人抛弃……"

金贵宝看着这段话，心里久久不能平静。他想告诉她那天晚上他看到了什么，听到了什么，随即又打消了念头。

"宝凤，我会好好保护你。"

"真的？"宝凤紧追不放。

"当然!"

接下来的日子里,金贵宝沉浸在一种从未有过的激动之中。这种偷偷摸摸,欲说还休,若即若离的感觉让他兴奋。宝凤步步逼近,金贵宝欲拒还迎,等到他投石问路的时候,宝凤又绕了回去。这一来一回的,犹如猫捉老鼠一样,新奇又刺激。宝凤每一次示好,金贵宝就会得到一种极大的满足,仿佛看到少年宝凤穿着粉红的衣衫向他姗姗走来。

终于有一天,宝凤得知金贵宝要来她居住的城市采购装修材料时,兴奋不已,一定要请他吃饭。她说要从早吃到晚,从王兴记的小笼包到三凤桥的酱排骨,从梁溪脆鳝丝到肉酿面筋,一件件如数家珍。金贵宝说现在除了应酬,他不愿意在外面吃。蔬菜是大棚里长的,鸡鸭鱼虾都是用饲料喂大的,吃来吃去吃不出家乡菜的滋味。

金贵宝喜欢吃玉妹做的家乡菜。尤其是她做的酥头饼、大米粥,还有雪里蕻炒鸡蛋。这些来自家乡田地里的谷物总能让金贵宝想起田野里那片金色的麦浪。每一次,金贵宝都会吃得大汗淋漓。

宝凤一大早就开始准备酒菜。都是老家的风味。太湖白鱼白虾,还特地叫老家寄来梅干菜烧了一碗肉,切了一盘老家的咸鸭蛋。

门铃响了,宝凤的心里也紧张起来,她对着镜子照了最后一眼，便匆忙开门。门开了，金贵宝满面春风站在她的面前，后面还跟着另外一个男人。宝凤的脸色黯淡了下来，她有些心不在焉地将两人迎进屋子里。金贵宝倒是显得很自然，不停地夸赞宝凤的手艺，酒一落肚，话自然也多了起来。宝凤给金贵宝夹了一条虾，问他可还记得王家墩子上的林子。那年高考结束后的林子替生病的父亲打农药丢了性命，第二天就收到了大专录取通知书。林子的老父亲手捧通知书，跪倒在田埂上，老泪一滴滴地落在泥地里，尔后他仰头对着苍天一声叫："林子，下辈子不要再当农民。"金贵宝说怎么不记得，还有徐家的大梅。通知书迟到了几天，大梅当自己没考上，晚上在厢屋里喝了半斤乐果，走了。

金贵宝说那是过去的农民。现在是新农村，不比从前了。农村人实诚，大白天从来不关门，哪家有好吃的就往哪家跑，端个饭碗能从村头跑到村尾。一家有难个个帮。宝凤说还是城里好。乡下再好，也没有万达广场、星巴克。金贵宝借着酒劲说自己祖上八代都是农民，自己迟早一天要回老家去。农村已经变样了！我就不信农民就永远翻不了身！宝凤戏谑他要回早点回，不要等到村里的房子都拆光了，回去只能蹲到喜鹊窝上。金贵宝说自己就喜欢看麦浪，看着看着就闻到麦香的味道，还有桑树林，夏天钻进去，一身清凉。宝凤干掉杯中酒："什么时候我跟你一起回乡下去，我们也去滚一回小麦田，钻一回桑树林！"陪同的男子听了哈哈大笑，金贵宝笑不出声来。

金贵宝给宝凤发了一条短信："宝凤，谢谢你。我知道伤你心了。是我不好，不该让你有想法。这些年你的日子过得不容易。他留给你这套房子也留下三万块的房贷，我会帮助你的。找个合适自己的人，不要作践自己。"

金贵宝在一个晴好的日子里回了趟老家，回城后除了带了毛豆冬瓜红薯花生，一袋还散发着热气与香味的大米，还带回一份打印的材料。玉妹瞄了一眼是一份什么文件。以后几天的晚上，金贵宝饭碗一丢就关上房门琢磨这些材料，关键的地方画上了红线。还有一本小本本，上面写下了密密麻麻的各种计划与方案。

那天夜里，金贵宝又梦见家乡了，梦里依旧大片金色的麦浪。他站在这片金色的土地上，挥舞着镰刀，那片金色像海水一样翻滚，升腾，在广袤无垠的大地上缓缓铺开一幅金色的画卷。太阳出来了，射出金色的光芒将他的梦照亮，也照亮了金贵宝黑黝黝的脸庞。

☯ 蜕变

"周二的婆娘死了。爬到门口的小河沟里淹死的。"三木听到这个消息的时候，正跟几个工友在富达广场六楼的"小菜馆"里喝酒。他们坐在一个四人的卡座里，两两相对。他自然是跟谷子坐在一起的。对面是丁鱼和八斤。

谷子是湘妹子。她吃过很多菜馆的湖南小炒肉，最终权威宣布这家的小炒肉是最正宗的。青尖椒、五花肉、大蒜子，爆香味辣。有那么几次，谷子喝多了酒，竟将小炒肉吃出了两汪泪。一路上直嚷着要回去，回去跟二和就在镇子上开爿小饭店。二和家的后园有一片菜地，各色各样的菜蔬，青椒从来不缺席。二和的妈妈会酿米酒。也是那一年，二和贪杯喝了几杯米酒，又喝了几杯浓茶，酒劲上了头，晚上骑摩托车跌坏了腰腿。谷子会腌制腊肉，还有腊猪头、腊肠，他们家厨房的房梁上挂了许多腊肉、腊腿，都是谷子用玉米芯和桃树枝熏烤出来的。风一吹，醇厚的肉香四邻八乡都能闻得到。

三木是在认识谷子后喜欢吃腊肉的。他的老家没有腊肉。他只在超市里见过这些黑乎乎、油腻腻的东西。如果没有出来，没有遇到谷子，他想自己这辈子可能都不知道腊肉的味道。他们那里只出鱼虾。鲫鱼、草混、白鲦、季花、铜头、昂嗤、长鱼、泥鳅、虎头鲨。三木从小就会捕鱼，也会吃鱼。一条鱼吃得丝卡完整，就像学校实验室里的动物标本。三木生下来的时候全身黢黑，连那个地方都是黑乎乎的。三木的爷爷笑眯了眼："黑卵子会取鱼。"三木的奶奶瞟了老头子一眼："会疼马马（媳妇）。"三木爷爷呛了一口烟，咳一阵，笑一阵。

三木后来娶了比他大三岁的马春妹。春妹背地里跟要好的姐妹说过，三木会取鱼，却不疼人。三木奶奶的话不灵验。电话就是春妹打来的。

接电话的时候，三木正往谷子的碗里夹一片小炒肉。谷子面前已经堆满了菜：酱鸭子、炒腰花，还有一条油煎小黄鱼。三木接过电话的时候向大家伙摆摆手，眼睛却一直在三人的脸上穿梭。

"那小河沟能淹死人？"三木瞪大眼睛。其余三个的目光一起聚焦在三木的脸上。

"存心寻死，一碗水都能淹死人。"春妹在电话那头幽幽地说道。

"她有什么想不开的？"三木重重地放下手中的筷子，声音大了起来，"不知好歹的婆娘！周二在深圳吃死了苦，给她娘俩苦了两套房子。家里吃的喝的哪样不是周二一把力气一把汗盘来的！她说死就死了！叫周二怎么活？！"

春妹那头半天没有声音。其实她想说的是：在周二的心里早已经没有桃子妈蹲的旮旯了。

"你，什么时候回家？"春妹最终还是问了三木。这回轮到三木不吭声了。他偏过头，将手机跟耳朵贴得更近一点儿，并用眼角的余光瞄了一眼谷子："看情况吧，今年生意出奇地好。合同签了好几家。"三木没有说谎，他的手上确实有好几家需要装修的客户。

三木搞家装，丁鱼跟八斤是他带出来的。谷子做油漆工。他们四个人是三木装修公司的固定员工。三木待他们很好，尤其是对谷子。

谷子的油漆工技术不赖，长得不算漂亮，但水色好。白净的脸皮就像她刷的油漆一样滑溜溜，光亮亮的。谁见到都想上去摸一把。三木当然也不例外。现在的三木何止是摸过谷子的脸皮，都亲过了。那天他亲谷子的时候，谷子哭了，她说这么做对不起二和，对不起二和妈。三木突然就想起春妹了。可是，他没有像谷子那样想，他只想到春妹粗粝的皮肤和不太整洁的黄牙。想到这里，三木将谷子搂得更紧，拼命吮吸着，直到谷子发出一阵沉闷的呻吟。

　　跟以往一样，每次都是春妹先挂断电话。因为三木没有多余的话跟春妹说。春妹挂完电话以后会愣愣地坐在床边出一回神。然后，打开五斗柜，从一件红大衣的内口袋里掏出一把黑塑料柄的钥匙，打开最上面一排的抽屉，再从抽屉的最里掏出一只长方形的小木盒，打开木盒，里面是十来张百元面值的钞票，上面躺着几张大红色的存折。春妹张开双手，确定手上干干净净以后，才像捧宝似的将那张存折捧出来，然后再小心翼翼地打开。其实，不用打开，春妹熟悉里面的每一个数字，甚至可以精确到个位。三木有时记不清自己什么时候又存了多少，春妹就在黑暗中如数复盘，就像她将三木与她同房的日期次数一样，说得丝毫不差。三木听过会不耐烦地翻个身："你就这点记性好。"春妹委屈地坐起身："我一个女人家，不记这些记哪些？你人不归家，钱再不归家，我这日子过得还有什么劲？"三木说："你没听人说，男人心在哪钱就在哪？

我要是有什么花花肠子，一年能给你这么多钱？"春妹的心在黑暗中微微动了一样，语气也舒缓了许多。"可是……你总是不大碰我。"三木又翻了个身："多大岁数了？马上就是做外婆的人了。成天惦记这点破事。""可是，红霞，金花她们都已经做奶奶了，还……"三木不耐烦了："你们这些婆娘，天天就谈这些个事，真是闲得慌！"春妹就不再吱声。半天后，三木偶尔也会推一把渐已入睡的春妹，春妹立即从睡梦中醒来，喜不自禁地抱住三木。

春妹看着存折上的一排排数字，想起三木说过的话，心里就会开解许多。这些钱都是有用项的。女儿秀玲怀孕了，来年春天就要生养。现在城里人坐月子都作兴找月嫂。秀玲早就跟月子中心挂了勾，预约了一名资深月嫂。秀玲说按照城里现在的大势行情，月嫂要用两个月，到双满月才能自己带小孩。月嫂工资两家摊，婆家一个月，娘家一个月。一个月至少得一万五。当然，也有都是婆家出的，但是秀玲不乐意。她不能叫婆家人瞧不起自己：到底是农村人，没钱也不懂规矩。

这笔钱春妹一定是要出的，即使秀玲不要。自己就这么一个闺女，钱不用在她的身上还用在谁身上？现如今不比前几年。自从三木离开老家去了省城，家里的日子就像田头的芝麻开花一样，一节一节地往上蹿。短短几年，家里已经翻了两次房子了。现在住的是小洋楼，后面还带着小花园。三木给自己和父母买了好几种保险，每年都有几个业务员上门来收费服务。至于哪些险种她叫不上名字，只知道将来老了病了都有保障，不生病十几年后还可以拿到一大笔钱。利息虽然没有银行高，但是关键时刻能发挥作用。他们家里到处挂着某某保险字样的手提袋，还有做饭用的围兜，下雨用的雨具。春妹有时想，这保险那保险的，要是人心能保险就好了。这么想着，春妹的心里又觉得落寞起来。

春妹虽然不识几个字，账倒是算得很清楚。家里的收入支出，人情往来一笔一笔都在心底。除了月嫂的工资，还有外孙的见面礼，女儿的营养费。这些都列入了今年的开销之内。再后面，孩子满月，做外婆的都不能失了礼。按照乡风，秀玲双满月后还要到娘家住一段日子。这段日子里的一应开支都得自己负担，还不能怠慢了。秀玲虽说是农村姑娘，但是上了大学后分在城里工作，又嫁了城里人。早就脱胎换骨了。标准的"十指不沾阳春水"。吃的用的都是品牌货。秀玲过年回来喜欢跟三木聊。聊的最多是电影。那些电影的名字春妹大多没有听说过，也记不住。前年的春节秀玲硬拖着春妹去看了一场电影的。那是一个很小的屋子，里面黑咕隆咚的，充斥着爆米花与巧克力的香气。荧幕很大，比荧幕更大的是音响和空调的暖气。恨不得把耳膜震破，把人闷死。看电影的人还要戴眼镜，荧幕上的人啊，兽啊，水啊，火啊就像在自己面前一样，可怕极了。她只在里面待了十分钟就逃了出来。再不出来，她就差点儿要晕厥在里面。她不觉记起从前看电影的事情来了。那时候，村里放电影就像是过大节。放映队的小船还没靠岸，岸边早就围满了人。她还暗地里喜欢过一个年轻的放映员，那个放映员还住过他们家吃过一顿饭，那时他们家刚杀了年猪。这个放映员每次来都会被安排到村东的一户人家去住，那家刚迎娶了新媳妇，床上是新稻草，新被单，新枕头。新娘子还会做酥头饼。有一天村里放《平原游击队》，电影放到中途片子没接上，荧幕上打了"正在跑片"的字样。可是这正在路上的片子左等不来右等不来，白色的荧幕上先是出现大大小小的手影，后来就是长长短短的口哨声和叫骂声。生产队长赶紧派人去接应那个跑片的放映员，皎皎月光下，哪有跑片人的影子。再后来有人听到场头上的草堆里有动静，本以为是偷草的贼，就带着几个人抄包过去，贼没捉到，找到了那个跑片跑没影儿的放映员，还有那个衣衫凌乱的新媳妇。春妹为此难过了几天至此就不再看电影了。

现在的春妹迷上了看电视，最喜欢看的是本市的一栏节目"甲方乙方"。都是些家长里短、离奇古怪的事情。什么女孩爱上了一个打工仔，都准备结婚了，发现两人其实就是同父异母的兄妹。弟兄三人为了拆迁款把父母绑架起来。留守妇女为了维护自己的婚姻，千里寻夫，夫没寻到自己成了千万富翁。春妹最喜欢也最怕看留守妇女的故事，总觉得与自己的经历有那么一点儿相同之处。她常常一边看电视里的故事，一边将自己跟里面的某个人的命运联系起来，常常将三木与故事里的男人做比对。一会儿悲哀，一会儿愤怒，一会儿感慨。每晚七点，春妹会准时坐在电视机前，手里捧着饭碗，碗头上堆满菜。看一会电视，扒一口饭。饭米粒洒到沙发上是常有的事情。秀玲跟三木说这些都是电视台胡编乱造出来骗人的。春妹不这么认为，她说这大千世界无奇不有。只怕还有比电视上的更荒唐的故事。三木与秀玲对视一眼，大概是觉得这是春妹说过的最具水平的话，然后继续讲他们的电影。春妹心里突然冒出一个念头：三木看过这么多的电影，他会是一个人看的吗？

挂断电话，三木的心思就开始游荡起来。不再专注于眼前的酒菜、弟兄和谷子。大家都不开口，只看着三木手托额头，半边脸都藏在手掌的阴影当中。半晌，谷子用高跟鞋的尖头在桌子底下悄悄地踢了三木几脚，三木才回过神来，举起酒杯："喝，咱继续喝。"丁鱼和八斤忙忙地端起了酒杯。三木一口气喝下杯中的酒，因为太猛的缘故，咳嗽了几声，他赶紧转过身去。谷子见状，立即放下手里的筷子，在三木的后背上轻摩起来。三木豁地闪开身子，看了谷子一眼，眼睛里流淌的不是春光，却是有些怨怼。谷子的脸沉了下来，原先光亮的皮肤立即变成了哑光色。丁鱼和八斤对视了一眼："我们约好去青州路的小商品市场去买回力鞋，时间也不早了，李总你看……"

"什么总不总的！"三木不耐烦起来，"回到小李庄，我不还是黑狗蛋！"

"李总，哦，三木……"

"散吧散吧，今天确实是有些累了。"三木挥挥手，丁鱼和八斤立即抬起屁股。

"我去前台结账。"八斤说。

"不用，你们走吧，我扫支付宝。"谷子殷勤地拿起手机。

随着嘀嘀一声，谷子将今天的饭菜钱如数支付。谷子知道三木从来不会真的叫她买单。回头一定会从微信转账给她。三木说自己虽然是个农民，却知道吃饭让女人买单是一件很失体面的事情。谷子乐意买单，就像这个餐厅里很多的来吃饭的两口子一样，快结束的时候，大多是女人抬手叫服务生买单，或是掏出手机扫码。谷子喜欢这样的感觉。在这个城市里，没有二和，也没有春妹。

谷子不许三木动辄说自己是农民。确实，三木的身上早就没有了农民的印记。板寸头、休闲服、渔夫鞋、双肩包。不管往哪一站，谁都不会将他与李家庄的农民联系起来。谷子说这叫蜕变，这个城市里有很多像叽溜一样蜕变了的三木。

三木和谷子一前一后离开餐厅。三木的脚步有些急，穿着高跟鞋的谷子有点追不上。她不知道三木今天怎么就为了春妹的一个电话失了常态。谷子的心里泛起一阵酸，脸色也因着这股气味变得阴沉起来。两个人在电梯处终于站在了一起。四部电梯的门前挨挨挤挤都是人。三木没有回头看她。只是看着电梯边上花花绿绿的广告。谷子也随着他的目光去看：明星演唱会、大牌珠宝拍卖会、新店开张送福利、名牌家私砸金蛋……

电梯门缓缓打开后，人们鱼贯而入。瞬间，梯内楼层指示灯全部亮起。三木按了地下二层。那里停着他的车，谷子照例是他的代驾。

他们很快在地下停车场的 D 区找到了一辆灰色的现代 SUV，车是三木的，而事实上谷子要比三木更熟悉这辆车。三木不喜欢开车。在这座城市里开车对于很多人来说是一件很费力的事情。特别是上下班高峰期，纵横交错的街道上密密麻麻，整条路像一根坏死的大肠，车辆就在这条坏死的肠道里慢慢地扭动、停滞、摇摆，再慢慢地疏通。经年累月，就这样慢慢地耗尽了开车人的热情。三木租住的房子在城市的西边，已经属于郊外。三木的工作地点是不固定的。最近的就在鼻子底下，最远的在城东，从城西到城东三木要穿过一条叫作长生路的主要干道，三木熟悉这条路已经超过远在千里之外那个叫作"下河"的小镇。他知道这条道上有多少个红绿灯，有多少个测速点，要途经几所学校、几家星级酒店、几个大广场，他甚至知道哪座广场到了晚间跳的是哪一类型的广场舞。他尤其记得在帆登图书馆门前广场上有一个领舞的男人，年龄在五十岁上下，瘦高个，细长腿。音乐起来的时候，他的腰肢立即变得柔曼起来，像春风里的柳枝一样左右摇摆。这让他感到不解又好奇。而那个叫作"下河"的小镇已经慢慢地淡出了他的记忆。听春妹在电话里说镇子上的几条河已经被填了，河的两岸建了很多的房子，尖尖的屋顶，红色的墙砖，还有黑乎乎的铁栅栏，看起来很气派。镇上开了好几家超市，建了很多的高楼。几天没到镇上去，见到的就是新模样，变魔术似的。在这里搞建筑装潢的大多是外地人，做生意的也一样。很多人都讲普通话了，感觉有点儿怪怪的。春妹的语气总是那样不紧不慢的。说到最后的意思就是让三木回来，在哪赚钱都一样，何必要苦巴巴地跑到那么大老远的地方！三木也想过回去，但是究竟什么时候回去却没有好好想过，他也不愿意多想。他觉得自己就像一只蜘蛛，在这座城市里织了十几年的网，眼见得这张网已经织得密密匝匝，再让自己一头撞破，留下数不清的支离破碎，总是一件不舍的事情。谷子曾经问过他不想回去是不是因为自己，三木没有回答，他默默地盯着谷子的面庞："你呢？"那天的月亮很圆也很亮，春妹陪着自己的公婆在老家拜月亮，吃月饼。二和被哥哥接到家里喝了米酒，吃了苞米腊肉。就像约定好的一样，他们谁也没有发朋友圈。二和跟谷子视频通话的时候，谷子已经睡着了。她被手机铃声惊醒后立即拨回去，二和一脸的抱歉。谷子的眼泪掉了下来。她说春节一定会回去的，等到明年，将家里的债都还清了，一定回去过中秋。二和几次开口想说还了债就回家，可是这句话就像一根骨头卡在他的喉咙眼里，就是吐不出来。二和只说家里很好，自己康复得不错，村里到县城的路修好了，又宽又大的柏油马路，一直通到村口。这样他以后每个月到城南康复医院去就省心多了，可以当天来回。谷子一边听一边点头，临了时候不忘告诉二和，自己这个月又挣了多少。二和的脸有些微微发热。

谷子从后备箱里取出一双平底鞋换上，将一双高跟鞋扔了进去。两个人分别从两侧车门上车。三木终于开了口："观前路这个时段最堵，从鑫源小区的菜市街绕过去到四季园超市后面的平西路。"谷子点点头，点火，启动，车子缓缓地驶出停车场出口，融入流光幻彩的夜市中。

谷子跟三木租住的地方不在一起。她住在城中。三木不让她住在郊区。他说郊区太远，来来去去不方便。尤其是一个女人。谷子开始不同意，因为郊区的房租要比城中的便宜得多。她掰指头算过，住在郊区一年比起住在城中一年的房租，可以让二和省下半年的康复治疗费用。但是谷子拗不过三木，抑或说谷子从心里就顺从三木。

谷子不理解三木为什么要住这么大老远的地方，他现在大小也算是个装潢公司的头头，不会是因为舍不得那么一点儿房租。三木说他住在这里就图个清静。闹哄哄了一天，到了晚上，就想安安稳稳地睡个好觉。谷子就好笑："这分明就是城里人的臭毛病，乡下人哪有睡不着觉的？累死累活一天，犄角旮儿哪块都能睡着了。"

谷子说得没错，干了一天的活，有时候回来脸都不想洗，就想倒在床上睡一觉。可是她不仅要洗脸，还要每天洗头洗澡换衣服。她要洗干净沾在脸上、手上、头发上、衣服上的油漆，还要洗掉弥散在身体里的甲醛和酒精的味道。

　　谷子租住的是一间地下车库。车库不大，总共才八九个平方。这个小区的车库大多都是装起来给老人居住或是出租。居住在车库的老人很安静，每天早上迎着太阳坐个大半天，下午出门去溜达，晚上早早就关闭了车库门。他们的子女就住在楼上的某层某单元，大大的客厅，气派的落地门窗，爬满绿植的阳台，还有插满时令鲜花的餐厅。这些老人几乎不到楼上去，当然，也几乎不见他们的子女下来。听隔壁的一对老夫妻说过，逢年过节他们被接到楼上去吃顿饭，然后围在一起由儿媳妇拿着一根绑着手机的长棍子拍一张全家照发到什么圈子里，然后再将他们送到车库里来。老人说住在车库也挺好的，车库的门一律朝南，北墙开有一张小小的窗户。晒到太阳也通风，还接地气。岁数大了，腿脚不灵便了，有老人气，跟子女分开住好，各自都方便。车库靠北墙搁一张床，余下的是一个简易的卫生间和灶台。谷子不需要灶台，因为她根本就没有时间给自己好好地做顿饭。除了一只电热水器，什么都没有。除了早餐，每顿在工地上吃。工地上有一只很大的电饭煲，一只电磁炉，这些都归八斤管。八斤既是瓦工也是火头军。他最拿手的就是炖肉：青菜炖肉、萝卜炖肉、慈姑炖肉，百叶结炖肉，有时是梅干菜炖肉，梅干菜是八斤从自己家里捎来的，很少吃。三木说想吃，八斤装作听不见。谷子说想吃，那是一定能吃到的。炖肉方便，几勺酱油一锅水，只要功夫到家，怎么都好吃。再来点菜蔬，也算有荤有素了。工地上的伙食简单，正常一菜一汤。大米饭，青菜汤，炖肉。一年四季几乎一成不变。三木说这是标配，是胜利饭解放餐。

　　早餐好对付，这个城市里的年轻人好像从来都不在家做早餐。到处都是早餐店，从街头的小摊到堂皇的酒店。谷子喜欢吃粢饭：一块纱布里挖上一团糯米饭，中间夹一根油条。裹起来，绞紧压实，再滚上一层芝麻白糖。又香又甜，还耐饿。偶尔也会换换口味，吃上一碗酱油虾子猪油拌起来的面条。

　　三木不小气，隔段时间，他会带着几个人去小饭店改善伙食。这么些年下来，把这个城市的特色菜尝的八九不离十。谷子发现到哪吃食生意都好做。即便是平常的口味也不乏有人光顾。她曾在电话里跟二和说过，她真的很想在这个城市里开一家小饭馆，就做小炒肉、剁椒鱼、家常豆腐小龙虾。还有自家酿的米酒。二和在电话里嘿嘿直笑，谷子做油漆工在城里挣些活头钱已经很不错了。还想开饭店做老板，小女子心真大。

　　车子七绕八拐的，在夜色里穿行。谷子的驾驶技术也越来越娴熟。生活真的可以改变一个人。三木从心里感叹道。三木尤其记得几年前遇到谷子的情形。那是一个冬日的黄昏，三木结束了一天的活计，正准备去那条老后街的汤羊馆里喝一碗羊汤。巷头围了一圈人，间隙中一个怯生生的女声："大姐你放心，这是我自己做的腊肉。你闻闻，香着呢！"这个女子就是谷子，吸引三木的不是她身边那些大大小小的腊肉熏鱼，而是地上一张粉纸，纸上几行粗大醒目的黑字"应聘油漆工"。

当时跟三木做的油漆师傅带家属出去看病了，油漆工这块空缺了人。眼看就是年关岁尾，主家催着结工，大家都忙着回家过年。三木正为这事犯愁，谷子就像老天安排好了一样，就这么出现在他的面前。

谷子跟三木坦言说自己的活不是很好。她说这话的时候，低着头，眼睛一直盯着自己的脚尖。三木循着她的目光看过去，那是一双绒面平底的棉鞋，黑色的绒面因为经常洗刷已经落了色，跟她身上穿的衣服一样，显得有些老旧，却十分干净。"先来试试吧！"大咸菜总比白嘴好。三木只能这么想。

谷子的活干得不错，超过三木的预期。这让三木感到意外。谷子干活的时候很安静，她通常一个人待在屋子里，带着厚厚的口罩。满屋的粉尘飘洒下来，落在她的头发上、睫毛上、衣服上，她本就单薄的身子都被这些白色的粉末包围着，有时候会咳嗽几声，三木看在眼里，心里有一种说不出的苍凉与凄惶。谷子蹲着的样子很美，颀长的双腿弯曲着，支撑起圆润结实的臀部，由于不停地起身，站立，她的上衣被牵引着，隐约露出一段平滑的腰肢。这让三木心动，也是那天，三木从后面一把抱住了谷子……

很快到三木的住处。"周二的老婆死了。"三木望着车窗外绰绰的黑影，像是对谷子说，又像是自言自语。

"周二，跟我一样。他老婆，跟我老婆一样。"

谷子扭头看了一眼三木，眼睛里顿时蒙上一层雾气。

"你，要回去了？"

"我们都是脱了壳的叽溜，再飞多远，壳还在泥地里。"

谷子不再做声。车厢里一片沉寂。熄火，下车，谷子将车钥匙递到三木的手心。

秀玲生了，生了一个男孩。三木赶回来，只在城里的快捷酒店住了一晚上就回去了。秀玲生产的时候，产房门口除了三木和春妹，都是秀玲婆家的亲戚。他们聚在一起低声谈笑，一边等待新生儿的诞生。三木与秀玲远远坐在等候区的椅子上，看起来倒像是两个不相干的人。产房门打开的时候，三木一下子冲到门口，扔下春妹在后面急火火地追。产房的门口刷地一下围满了人。门开了，一个年轻的护士笑盈盈地抱着尺把长的婴孩，先恭喜，后问哪个来抱宝宝。三木颤巍巍地伸出双手，却被亲家母拦了下来。这时，一个看起来很有派头的中年男子被人群簇拥着走到护士的跟前，生硬地接过哇哇直哭的婴儿。三木和春妹还没来得及反应，人群已经躁动起来，大家都举起手机，拍起照片、视频，再簇拥着男子一起往病房走去。产房门口一下子安静下来，鸟归巢一般。只留下三木夫妻愣愣地站在产房门前，等待着还在手术台上的秀玲。三木离开的时候脸色很难看，春妹紧跟着他，送他出的月子中心大门。三木上车前只跟春妹说了一句："好好照顾秀玲。"春妹想说些什么，到底什么都没说出口。待到三木上了出租车，春妹才闷闷地叹了口气。那晚的月亮很圆，春妹睡在病房小客厅的沙发上，三木躺在酒店的大床上，都望着窗外的月亮，几乎一夜没睡。

秀玲在月子中心坐月子。这里所有的一切春妹都无从插手，甚至连话都插不上。秀玲也无暇与她说话，她除了吃饭睡觉喂奶就是应付婆家来的三姨六姑以及来看望孩子的朋友。等到屋子里只剩下母女俩的时候，春妹和秀玲也没有过多的交流。就连外孙都很少让她接触。只有在孩子洗澡的时候才可以站在一旁看着。秀玲跟月嫂说得多，孩子的营养、按摩、运动、智力开发、等等，一套一套的。

就像跟三木聊电影一样。春妹觉得自己实在就是一个多余的，甚至没用的人。

秀玲确实不差春妹的陪护。即使在孩子熟睡的午后，秀玲也不寂寞。她的手机里有很多朋友、新闻和音乐。这些对秀玲来说远比春妹的陪护要有趣得多。春妹下定决心要回家。她把自己的想法告诉了三木。三木在电话那头沉默了片刻说："回就回吧。"春妹的眼泪哗地一下就流了下来。回去的那个晚上，春妹又失眠了。她真真切切地体会到了一种痛，小软刀一样一寸一寸地切割着她的体肤。

日子不紧不慢地过着，下河镇却是一天一个模样。春妹在无数个不眠之夜后进了镇上的一家外贸服装加工厂，专门做手工小饰品。这是春妹最拿手的。她打小针线活就好，四邻八乡都出名。她会打琵琶纽扣，做虎头鞋，用各色的花线钩茶杯垫、沙发垫，把零头碎脑的布角子剪成差不多大小，缝做成床单。她给秀玲的孩子做了好几双虎头鞋、虎头帽。秀玲不要，到现在还放在自家的五斗柜里。春妹一直以为自己的手艺再无用武之地了，谁曾想如今用派上了用场，这着实让她激动了一番。这一回，春妹没有听三木的，她坚持了自己的主见。也是这一回，春妹觉得这些年积郁了一肚子的闷气一下子排解了出来。她觉得自己终于像个人样儿了。

谷子发烧了。吃了感冒药，又吊了几天水，还是没有好转。脸上还出现了几块对称的红斑。在三木的催促下，她丢下手里的活去市区第一人民医院检查。当她拿到血液中心检测报告的时候，一下子瘫坐在椅子上。三木接到谷子电话的时候，只听到谷子颤抖的哭泣。

谷子住院了，三木把手里的钱都拿了出来。一边支付谷子的医疗费用，一边替谷子汇到老家。谷子说天塌了。三木说有我顶着。

三木没有钱寄回家了，他告诉春妹工友生了重病，需要一大笔钱。春妹没像从前一样逼问和催促，只是让他好好照顾自己，实在太难了就回来。三木握着手机第一次没有先挂。春妹挂断了电话，他还握着，直到手心里握出了一阵阵暖气。

谷子不能再刷油漆了。她回到了老家。三木也回到了下河镇，为了照顾谷子，他停止了几家合同。这回他是打算回家休整一段时间，再重新开展业务。面对着熟悉又陌生的老家，三木有一种说不出来的感觉。让他想不到的是，才两年不到，春妹已经是服装厂外贸车间的主管了。她还悄悄地告诉三木，再过把年回家自己搞，这些年她已经积攒了不少钱，算算可以买二三十台电脑缝纫机了。厂房就用自己家的东西两间厢屋，又大又宽敞。这些年人和屋子都空闲着，都发霉了，也实在是太可惜了。

　　谷子的微信来了，告诉三木她的病情已经稳定，二和的腰腿也已基本痊愈，村委会给她办了大病统筹手续，还有特殊病种救助。医药费已不再是负担。说好了，不要再给她汇钱啦。三木愣住了，他尊重谷子的意见，近两个月并没有给谷子汇过钱。三木抬起头，看见春妹正在窗下踩着缝纫机。窗户半开着，初夏的风吹动窗帘，也吹动春妹的头发。窗外，栀子花开得热闹，伴随着一阵阵热烈的蝉鸣。

◐ 我不是嫦娥

在我决定休假的那天晚上，我给我的上司发了一条微信。内容简短：颈椎病，需要休假。想了想，又加了一句：假条待上班后一并带去。而后，发了一个朋友圈：颈椎病发作，闭关。附加图片是前几年在南方拍的一张歪脖子树。其实我并没有关机，而是将它设定成了飞行模式。虽然被设定后的手机没有了接听电话和网络服务的功能，但是我还是不想关了它，关了它，我就像一条孤独的鱼游在漆黑一片的深水里。

打开洗浴笼头，往浴房里喷洒香水，不一会儿，香水暧昧的香气就随着腾腾雾气弥散开来。慢慢褪去身上的衣物，我的身体完全打开。香水的味道随着水雾慢慢渗进我的毛孔，一寸一寸地舔舐我的肌理。我感觉自己就像一块奶油冰激凌，在热气下慢慢地快要融化开来。

我已经订好了明天中午十二点的机票。飞行三个小时后，我就会出现在中国地图的东北部，后天，那里将会有一场降雪，也是全中国的第一场雪。彼时的我会坐在一座民房的热炕上喝着甜米酒，拉开半垂着红底绿花的土布窗帘，看外面的雪下得纷纷扬扬。

我一边贴着面膜，一边用浴巾拭擦湿漉漉的头发。我的头发很浓密，乌黑的，闪着金属般的光泽。这年头，有一头好头发确实是不多见的。这一点，我遗传了我的母亲。所以我的秀发吸引了很多人，也包括我的上司。我一边擦着头发一边想象着我的上司，那个喜欢穿一身正装的老男人看到我的微信后愤怒的样子。我不知道自己还能不能再回去，尽管我也没打算再回去。那个鸽子笼一样的写字楼对于我就像肯德基吮指头鸡块，味道还行，可是总不能把自己吃到肚滚腰圆。而那个老男人就像鸡块上的孜然，味道浓重了点。

我是一个喜欢清淡的人。这也是我的上司对我的评价。谢天谢地，这么多年，他总算说了一句让我感到正确的，并有些文艺范儿的话。但我总感觉这不像他的语言，很有可能是别人说过的话，被他借用了。

他说话有点儿粗俗，与一身的正装不太般配。尤其是在酒桌上。喝了酒后，那些粗糙的话语就像热锅里的豆子，在他的嘴里蹦来蹦去。那个时候他的脸是紫红色的，连耳朵都闪着红光。有次我坐在他的旁边，意外地发现他的耳朵上有两个肉瘩子，那两个肉瘩子也是红红的。他的酒量出奇地大，自从我进了公司，就没听说过他醉过酒。不管前一天怎么喝，第二天，你总能看到他坐在办公室里，一副老板的派头。童姐说男人嘛，说点粗话正常。童姐说这话的时候，眼睛里会有一种不同平常的东西，这让我嗅到了一丝不平常的气味。

很快，我就听到了关于童姐与上司的一些传闻。有时间有地点，有鼻子有眼睛。这些传说倒没有影响我对童姐的看法。直到上司对我有了一些特殊的举动后，童姐开始将我视作仇敌。我不知道他是什么时候开始对我上心的。我只能用上心这个词。因为我至今还无法用其他的词语来准确表达。尽管，我除了是这个公司的专业文职，我还有另外一个"作家"的身份。上司其实并不老，长得也不算难看，更不像这个年龄的男人一样毫无例外地挺着啤酒肚。童姐说他身材老好哦，年轻的时候全身找不到一块赘肉。她说这句话的时候正在小口小口地啃着苹果。没有发现我们正在交换眼色。抑或她已经看到了，却装作没有看见，依旧陶醉在红富士冰糖一样的甜腻之中。

上司的身材完全可以用高大这个词来形容。这与他的声音很不相称。他的音线很窄，有些细，也有些干瘪，让人有一种局促小气的感觉。我从小是听广播剧长大的，天生对声音敏感。我不喜欢这样的声音，我甚至会用猥琐这个词来与这个声音联系在一起。

　　我记得那天去他的办公室是因为一篇文字。他打电话来说要稍微改动一下。公文讲究有据可依，严肃工整，不需要带任何感情色彩。而我的文字里总会透出那么一点儿文学性。这一点不符合公文的规范。我去的时候是忐忑不安的。我写过几百万的文字，自信完全可以胜任这项工作。当初，他们也是冲着我简历上的文字功夫把我招来的。一纸公文都写不好，这对于我来说是一件很没有面子的事情。而且，绕开了分管领导，老总亲自问询，可见事态的严重性。那是一个初夏的下午，周五。我正准备下班。整个写字楼里没有几个人。我庆幸自己没有早走，否则会给老总留下不好的印象，毕竟我才入职还不久，目前还需要一份这样的工作。

　　他的办公室在最里面，独立单间。厚重的木门，垂挂的窗帘，镀金的门牌号 NO.1，处处显示出与众不同的身份，透着公司一把手的威严。我敲门的时候很轻，可就是轻轻的那么一下，从里面就传出他细长，却带着一点亢奋的声音："请进。"

我被指定坐在对面的椅子上。隔着一张办公桌面对面让我觉得很不自在。我低垂着眼帘，手上抓着资料夹，这样就不至手足无措。这是我上小学时的经验。我小学开始就经常参加各类演讲、朗诵比赛，那时没有演讲台，就站在跟我差不多高的麦克风下面。因为要脱稿，所以常常觉得手脚无处安放。指导老师让我根据演讲内容适当做些肢体动作，比如抬手、伸臂、握拳、敬礼、等等。可我偏偏就不是一个喜欢做动作的人。我觉得那样很假，也很别扭。少年经验告诉我，手里拿着东西，会有一种安全的感觉。

手里拿的什么？我感觉他的眼睛看着我。果然没错。我的眼皮微微抬了一下又垂了下来。我发现桌上有一杯泡好的红茶，我知道，那是给我泡的。因为他的面前是一杯早已没有颜色的绿茶。

"喝杯茶。朋友刚寄来的正山小种。女人嘛，喝红茶好。"他把茶杯推到我的面前。

"哦不。我马上就回去了。下午，我不喝茶。"

"怕睡不着觉？红茶不要紧，你这个年龄嘛，应该正是能睡的时候。"他哈哈笑起来。

"我睡眠不好。"话说出来，我就恨自己，怎么就说到睡眠的事情了，而且是跟一个男人。

"哦，工作有压力？"那只白白的大手将茶杯又向我的面前推了推。

"解总，我知道这篇文章有点问题。我晚上再改一改。"

"不着急，这样吧，你改好，直接发给我。不用再通过仇主任了。我通过就行了，也省了你的时间。我知道你要搞创作，你的时间很宝贵。哦，我们还没微信是不是？"

我的脸刹那间就红了，我利用上班时间偷偷写文章的事情一定是让他知道了。没等我回过神来，他已经将手机递到我的面前。其实我们是加过微信的，那是我刚进公司的时候，主管将我拖进了单位员工群。没过几天，他就从群里加了我。只是后来一直都没有互动过。他几乎不发朋友圈。偶尔有，也是与工作有关的动态，或是转发一些关乎时政的帖子。可惜我从没关注过更不要说是点赞。我每天关注菜市场的肉价，儿子的学期成绩，今年的考核工资，母亲的病情，还有自己的体重和出版社的合同，这些让我无暇顾及其他。我喜欢发生活动态。在这个城市，在我的身边几乎没有什么可以值得交往的人，也没什么能让我感到有兴趣的事情。除了工作，写作，发动态就是我生活的唯一乐趣，也是我记录生活的一种方式。解总也从未给我点过赞。我不知道他是看过没有点，还是从来就不看，或者就像我屏蔽了很多人一样也屏蔽了我。确实，很多人在彼此的圈里却从来没有互相联系过，我觉得大可不必浪费资源，占用空间。于是他的名字跟很多的僵尸粉一样在我的手指下轻轻地划除出去。我竭力装作什么都不知道，掏出手机，对着那张黑白方格堆砌起来的二维码扫了扫，于是我们再次成了好友。

吹干头发，我开始整理行李。我不想带很多的衣物，那样会很沉很重。我害怕沉重，它们会把我压得透不过气来。我一个人出行，也没有一个可以为我背包的人。我的老公此刻正在小房间里打坐。我不知道他究竟什么时候可以打通任督二脉，打通小周天大周天。我更不知道通关后，他会达到一个什么样的至高境界。用他的话来说快了。他已经感觉到了气流在周身通过。比如，有一股三寸的气流正穿过他的肚脐眼，还差半寸就可以穿透过来。我对尺寸从来没有概念，我更不知道从肚脐眼到腰背的厚度是不是有四寸。但是我知道每个人应该都不一样，毕竟有胖瘦之分。他要四寸，其他人可能只要三寸半，或者五寸。甚至更多。我下意识地看了一眼自己的肚皮，瘪瘪的，像一条"参鱼"。我记得过去的我肚皮是鼓鼓的，全身上下都一样。我的母亲那时候还没有患上阿尔茨海默症。她总说我就是一条小"虎头鲨"。浑身上下肉乎乎的。后来我跟我的老公奉子成婚。结婚的那天，我穿着白色的婚纱，大红的平跟鞋。圆溜溜的肚子凸显在众目睽睽之下，显得那样滑稽又喜气。闹洞房的时候，一群小朋友围着我唱"虎头鲨，尾巴扎（张开），先生儿子后成家"。我的脸被他们唱得通红，跟新房里的红喜字、红蜡烛、红被面子一样闪着红光。刚结婚的那会儿，我老公喜欢打球，后来慢慢开始喜欢打牌，再后来又改成打太极拳，直到现在迷恋上了打坐。我已经记不起我们什么时候打架的了。这里的打架不是真的大打出手，而是我们夫妻间亲密的代指。他很多时候在小房间打坐后就不再回我们的卧室，有几次我推开门进去，发现他半卧或是半倚在床背上，看起来已经睡着了。他却一直否认自己睡着了，他说那是入定，这跟睡着了是两个不同的概念。他让我不要去看他，如果受了惊扰会走火入魔。那是一件很可怕的事情。我也习惯了一个人独眠，一张大床任由我翻来覆去。可以从这一边滚到那一边，睡不着的时候拉开台灯，翻几页书。或是干脆打开电脑。感谢互联网时代，它让多少像我一样失眠的人在黑暗里找到了一束可以抵达天明的光亮。

你这个年龄正是能睡的时候。我又想起上司的话。他是真的不知道我的年龄，还是我比同龄人更显年轻？我审视着镜子里的自己。除了一头浓密的长发，还有光洁的额头，其他倒没看出来自己到底年轻在哪里？男人随口这么一说，我竟然当真了。我对着镜子里的自己笑了笑，牙很白，也很整齐，眼窝里还有一片光彩，亮晶晶的。

衣物收拾好的时候已经很晚了，一个行李箱，一个双肩背包。我检查了身份证、机票、充电宝就缩进了被子里。我怕冷，热毯早开了，床上热烘烘的。刚吃过一碗赤豆元宵。此刻又暖又饱。终于抗拒不过诱惑，拿起手机恢复正常状态，我看到了很多延时信息。都是我的上司发来的。

除了热切的询问就是狂烈拥抱和炽热的红唇。自从那次单独加过微信后，他就频频给我发信息，内容五花八门。每一段文字的后面都会附加拥抱和热吻。再后来逐渐升级，言语变得暧昧，有时候露骨。偶尔触目惊心。我当然知道这些意味着什么，我想象过他给我发信息时候的模样：蜷在沙发里或者就在床上，紧闭门窗，脸上一定跟喝过酒一样泛着红光。

从见到他的第一眼，我就不喜欢他。没有为什么，喜欢与不喜欢同样没有任何理由。对于每天的信息，我不可能装作不知道，在我还没有找到适合我的工作之前，我还不想得罪他，我深切地知道断了他的念想就等于断了自己的后路。因为我迫切需要这样的一份工作。有相对稳定的收入和可以自由支配的时间。属于我的时间太少了。除去工作，我每天还得收拾家务，做饭，去操心我那个正处于叛逆期的儿子，随时准备和他那个同样操碎心的班主任做沟通交流，这叫作家校结合，好像是目前教育学困生最好的方法之一。我每天还要去看望我的母亲，一个年逾八旬，失去自理能力的老人。在她那个不足六十平方，充满着臭味与霉味的屋子里听她对我歇斯底里的侮辱和责骂。我得跟在长着一张马脸的保姆后面说着好话，满脸堆笑。我时常担心她用手掐着我母亲的脖子灌药，或者用被单捂着她的脸，在我母亲满嘴胡话，狂躁不安的时候。每个周末我还要驱车去看望远在郊区的父亲。他和几十个差不多大的老人住在一个叫作"绿杨人家"的民居，其实就是一家养老机构。父亲患有慢性病，但是生活还能够自理。每次见到他的第一句话就是问我的母亲可否问起他，想起他，而每次我的回答都会令他感到失望。我看着父亲一天天苍老的脸庞和垂老的姿态，除了难过，别无其他。除了这些，我还要码字。尽管它并不能给我带来所谓的经济效益。我的同学们很直白，你码一夜的字，抵不上人家摆一晚上的地摊。

　　我想我很快就要有钱了。我跟某家出版社合作有了意向性的发展。这对于我是个极好的消息，我要死命地抓住这个机遇。而且，正月里我去寺庙里算过一卦，今年命走太阴，流年大吉。种种迹象告诉我，坚持住，等待即将到来的时运。对于这笔还在天上飞着的钱，我已经做了若干次的规划：母亲的保姆费，父亲的医药费，儿子昂贵的补课费，房贷，等等。每一次规划的比例都不一样。尽管这样，我还是乐此不疲。出版社催着我拿出十万字的样稿，我至今才完成三万，还差七万字，我必须要在很短的时间内完成。如果逾期，我的那些在黑夜里的规划就像夜空中划过的流星。下一次的机会什么时候出现，谁也不知道。

所以，在没有和出版社签署合同之前，我必须老老实实地在这里待下去，不敢辞职。到了我这样的年纪断然不会再去做"驼子跌跟头，两头不着地"的事情。所以，面对上司越来越火热的暗示，我既不能装作视而不见，也不能顺着他的意思。一时间，我陷入了一种迷茫状态。

也许正像别人说的那样，越是得不到的东西越是要得到。我想可能我的态度一直不明朗，这使他对我更加紧追不舍。

那天我穿了一条短裙，正好齐着我的膝盖。快要下班时，因为我要赶去儿子的学校跟老师会晤，所以特地到卫生间外面的洗手台前整理一下妆容。我平素是不喜欢化妆的，但是我儿子上的是价格不菲的私立学校，这个学校的老师和学生特别看重仪表。给儿子选择的学校并不是我的本意，而是除了这个学校，他没有地方可以上学。儿子也不止一次说过，这是一个看脸的时代。所以每一次去他的学校，我都会穿上漂亮的裙装，大衣，高跟鞋，我得把自己收拾得体面一点，不能给他丢脸。我就这么一个儿子，尽管他有很多不如意的地方，但终究是我身上掉下来的肉。

他从我的身后走过，突然将手放在我的臀部，用力按了按。隔着薄薄的一层布，我明显地感受到那只手的滚烫和潮湿。我的臀部猛地一抽搐，就像触电一般，也就是这样的一个本能的生理反应，他匆忙将手拿开并迅速离开。我慌乱地低下头，就像是自己做错了事情，感到无比难堪和羞愧。等待我再次抬起头，镜子有些模糊，好像起了一层薄雾。

我下决心出去也是因为我查出了乳腺病变。医生说是压力过大的缘故。幸好发现早，如果采取手术切除，完全可以痊愈。我已经好几年没有检查过身体了。这个不算太大的肿块什么时候存在我的身体里，我毫无知觉。如果不是那个早晨，我至今都不知道。一年、两年、三年，我不敢想象。那个早晨很闷热，我在厨房做好早餐后全身湿漉漉的，于是，在上班前我冲了一把热水澡。匆忙赶到办公室的时候，我的头发还滴着水。我依旧是第一个早到的人。我在饮水机前灌水，脑子里还想着昨晚那篇小说的结尾。我没有注意到，我的上司此刻已经站在我的身后。当我转过头来的时候，他正看着我，对峙几秒钟后，他伸出双臂想要将我环绕，我快速将身体侧过，他的手臂正好划过我左侧的乳房，一阵尖锐的刺痛袭过我的全身。那天我洗澡的时间特别长，我的手反复在那只被袭击的乳房上抚摸，终于摸到了一个不太规则的肿块，按上去，有尖锐的痛感。我没有把这件事情告诉任何人。包括我的丈夫。他已经有很长一段时间没有抚摸过我了，我的身体也慢慢变得僵硬。那个时刻，我突然有一种强烈的需要，可是当我穿好衣服从卫生间出来的时候，我的身体却没有了诉求。晚上，我独自躺在床上，继续抚摸着那只乳房，身体居然有了一阵又一阵的战栗。那种久违了的感觉像一只看不见的大手，牵引着我慢慢地飘向云端，就像吃了灵丹的嫦娥一般，轻盈地，向上升腾，奔向云端之上的那轮圆月……

我还没有最终确定选择手术或是保守治疗。从内心讲，我不想做只有一只乳房的女人。在没有确定前，我不想告诉我的丈夫。他是一个胆小的人。我不能让他感到害怕，否则，他打坐时就不能入定，不能入定就会造成身体的伤害。我不想他的身体再出现任何问题，我的这个家已经不能再承受太多的风雨。医生说不能拖，变异细胞繁殖扩散的速度比宇宙飞船还要快。我笑笑，拿着一叠检查报告，回头就塞进了办公室的抽屉，然后加了一把锁。

这个冬天阴冷潮湿，就是不下雪。我父母是北方人。我小时候随他们去过北方。那里一年三百六十天有近一半的时间生活在冰天雪地里。我喜欢那种壮丽和苍凉，它会让你的内心升腾起一股说不出的激情。我一直不能适应南方的冬天。南方冬天有时候也会下雪，羞羞答答的。早上起来，会看见地面上，对面人家的屋檐上铺了薄薄的一层。就像北方人擀面条时撒的一层面粉。每次总是期待着下一场大雪，可是如愿的不多。南方的雪也化得快，还没来得及细看，就被一把把铁锹和扫帚铲殆尽，汽车的尾气当然也功不可没。被铲除的积雪和淤泥夹杂在一起堆在路面的两旁，在太阳下滴滴答答地融化成一条灰黑色的水线。每年的冬季，父母亲就说想回去看看。可每一年都有回不去的理由。现在的他们再也回不去了。假使母亲能够回去，面对曾经的冰雪皑皑，也已经没有了丝毫的意义。

　　飞机冲向云端，我突然感觉自己又像那个偷食了仙丹的嫦娥。我坐过很多次的飞机，却从来没有过这样的感觉。就在这一刻，我对李商隐的诗产生了怀疑。嫦娥一定不会后悔自己偷吃了灵药，做了月宫中的仙子。她早已厌倦了红尘俗世的纷扰，还有那些繁文缛节。我闭上眼睛，用所有意念想象着嫦娥奔月的景象。我能看到她升空时飘动的衣带，听得到风过处环佩叮当的声音。那一轮满月静静地挂在天际，清辉之下一片圣洁。嫦娥圆润如月一般的脸庞清晰可见，只见她越飞越高，越飞越快。高山，河流，大地，房屋渐行渐远，恍惚之间，我与我意念中的嫦娥慢慢地重叠在了一起，向着空中的那轮明月奔去。

我是被强烈的气流颠簸惊醒的。这样的天气遇见气流是很正常的事情。但是很多人开始不安起来。黎波就是这个时候出现在我的眼前。他原来一直坐在我的身后，看起来很干净的样子。尤其是开口说话时露出的一排整齐洁净的牙齿。我联想到他刷牙时的样子一定是跟我一样，满嘴的泡沫。除了牙膏牙刷，还有牙缝刷，牙缝线，漱口水。他是跟不安的旅客解释气流的，我听出他跟我母亲一样的北方口音。我转过头的时候，我们对视一笑，好像是同行的熟人一般。

取行李的时候，我们有意站在了一起。看着各色各样的行李箱跟随着输送带缓缓地转着圈，我与黎波开始了此次旅途的第一次接触。他的声音真好听，有很强的穿透力，就像领口上别了一只耳麦。这让我感到惊喜。他跟我一样，也是来看雪的。他还没有预订酒店，因为今晚他会住进大学同学的家里。他同学的老婆孩子几年前去了大洋彼岸的城市，在这个城市里留下一座空荡荡的别墅和一个整日游荡的孤魂。同学知道他要来，兴奋得几天没有睡好。末了，他说："同学开车来接我，顺便送你去酒店。"我想拒绝，却没有开口。只是对他粲然一笑。

走出机场的时候，天空已经飘起零星的雪花。雪花在城市的霓虹中飞舞，伴随着各式的惊叫。黎波走在我的前面，不时回头看我。下一个高台阶的时候，他很自然地接过我手里的行李箱。我们一前一后地走下台阶，他将行李箱拎得高高的，有点负重吃力的样子。而突如其来的轻松让我的脚步变得欢快而有节奏。

同学是开着奔驰来的。黑色，在橘黄的路灯下反射出锃亮的光。引擎盖上已经落了一层薄薄的雪花。他们一定好多年没见过了。因为我发现，他们见面的时候彼此都愣了几秒，然后才叫出对方的名字。同学看到黎波身后的我，嘴巴张成了 O 型，眼镜后的眯缝眼闪了闪，先瞥向我，随后又瞥向黎波。我很认真地盯着他圆圆的脑袋看了几眼：眯缝眼充满了喜感，谢了头发的前顶就像他汽车的前灯一样明亮。他遥控打开后备箱后，接过黎波手里的行李。

上车，黎波坐在副驾驶，我坐在他的后面。"哪个酒店？"黎波掉头问我。同学再次张大嘴巴："说好住我家的，我家的客房有双人床。"黎波向他解释只是送我。同学想说什么，又止住了。酒店很快就到了，北方的城市没有南方的拥堵，车道也宽阔许多。黎波先下车，帮我拿出行李，陪我走到吧台。等我办好入住手续后，又提着我的行李，一直将我送到房间的门口。离开的时候，他说明天上午九点来接我，我们一起上北山。

房间的暖气很热，也很干燥。这对于习惯了南方生活的我有些不太适应。就在我辗转难眠的时候，黎波发来信息：用两块湿毛巾放在床边。其实我知道这并起不了多少作用，但是不知道为什么，我还是按照他的说法去做了。因为旅途疲劳，不多久，我便沉沉地睡去。

我是被白花花的亮光刺醒的。那道光隔着厚重的窗帘从间隙中透过来，竟将满室的昏暗照亮。我知道雪下来了。很大。拉开窗帘，一片银白的世界。昨晚在黑暗中看见的那些高高矮矮、横七竖八的建筑、树木、管道、电线都被厚厚的白雪覆盖起来，白茫茫的一片。往远处望去，银色的道路无限伸展，一眼千年。北山一定积了雪，那些大大小小的瀑布早已变成凝固不动的冰川，火山石冒着袅袅青烟，那是冰火两重天的感觉。

九点钟，黎波准点到了酒店，坐在大厅的沙发上等我。雪不停地下，我们都知道今天肯定是上不了山。他是来接我去同学家的。那是一座带有三个大露台的别墅。坐在其中一间密封的露台上看雪，也是不错的选择。我突然开始后悔没有多带几件衣服，除了两件秋装小棉服，就是一件长及脚踝的羽绒大衣。连一双高跟鞋也没有。虽然没有挑选的余地，我还是在卫生间里磨蹭了一番。一件豆沙绿的小棉服，搭配一条灰驼色的羊毛围巾。围巾很大，很柔软，脱下外套，可以当作披肩。

我下楼的时候黎波正在吧台的礼宾部研究那些包装精美的礼品：鹿茸、雪蛤、人参。服务生正在跟他做产品宣传："这些都是难得的宝贝。人参里的皂甙可以延缓衰老。雪蛤补虚壮阳，尤其是鹿茸、鹿胎，其功效自不必多说。"黎波看得很仔细，也听得很认真，我暗自好笑。我生孩子后一直贫血，到了夏天例假都不来。后来听人说吃阿胶可以补血，于是花了不少钱托中医院的同学买了正宗东阿胶。到最后才知道全都是假货。我不能说是同学骗了我，同学也是被经销商骗了，而那个经销商则说是被供货商骗了，供货商又是被谁骗了，谁也不知道。但是我知道真正上当受骗的人是我，花了冤枉钱，也吃了哑巴亏。我不好意思去计较，也实在没有精力去计较。我只有自己安慰自己，只要没吃出毛病，没吃死人，就算谢天谢地了。我在黎波的身后轻轻咳嗽了一声，他转过脸来。临走的时候，他没有忘记跟礼宾部的小姑娘要了几个供货商的电话。

同学的别墅很大。暖气开得也足。室内却很凌乱。尤其是厨房，冰锅冷灶，抹布被暖气吹得干燥发硬，像几条腌鱼干一样直挺挺地挂在墙壁上。此情此景，竟让我本能地从心底滋生出了女主人的情愫。于是开始扎辫子，系围裙，烧水，擦拭屋内集聚多时的灰尘。我发现餐桌上有一只水晶的花瓶，里面还有浅浅的一层水，水面所及之处，是一圈有些微微发绿的水垢。我将花瓶里的残水倒尽，用瓶刷将花瓶里里外外擦洗了一遍，花瓶立即就光亮了许多，在灯光下闪着熠熠的光。我冲动地要去后院剪几支腊梅，而此时，黎波正在与他的同学在露台上聊天。他过一会儿就会站在楼梯的上方看一下我，然后道一声辛苦，好像这是他的房子，而他就是这间房子的男主人一样。

就在我将腊梅插进花瓶，摆放在餐桌一角的时候。同学从楼上疾步下来，几乎是与此同时，门铃响起。一个满身香气的女人裹挟着风雪的呼啸声进了屋内。站在门厅的女人与站在餐桌后的我对视了一眼。就一眼我读出了她眼里的疑问和不屑。这是个长得很不错的女人，只可惜眉眼中带着些许风尘的味道。倒不是因为她的狐狸眼和水蛇腰，更不是那条黑丝长袜和露膝的皮裙。而是我早就从空气中嗅到了一种气息。我一直坚信气息的存在。它是一种看不见，摸不到，状不明，却又真真切切存在的东西。人与人之间之所以有亲疏远近之分，也莫过于气息是否相投的原因。只一秒钟的时间，她就像川剧里的变脸一样，换作一副久别重逢的表情。我本来是打算做一顿午餐的，我想向黎波展示一下久经沙场练就的厨艺，可随着这个女人的到来，我突然就失去了兴致。

中午，四个人坐在露台上吃饭，准确地说是喝酒。因为没有米饭，也没有馒头、面条、水饺一样的主食。桌上除了两瓶我叫不出名字的洋酒，就是几盆附近一家酒店送来的肉菜，盛在几只降解饭盒里。这令我多少有点儿失望。没有特殊原因，我是拒绝吃外面东西的。我喜欢在厨房里生火做饭的感觉，那些带着葱姜与油烟混杂在一起的气味让我感到踏实。尽管有时候也会觉得累。我时常会在厨房里找到创作的灵感。我始终相信大自然赋予了水中陆上的生灵某种神秘的气息。我就是透过这些气息挖掘故事的人。我是很向往吃水饺的，北方的水饺。我母亲和父亲身体尚好的时候，每个星期天，都会做一顿手工水饺。我的父亲负责和面、揉面、擀皮。母亲负责和馅。冬天萝卜丝、大葱馅。夏天豇豆、芹菜馅儿。我负责剥蒜，将香醋和香油调在一起。老蒜、陈醋、小磨香油。饺子盛在一只大竹匾里，这只竹匾至今还在我家阳台上倒挂着。那时候我的母亲经常叫我学着，她说他们总不能给我包一辈子的饺子。我却不以为然。突然之间，他们就真的不能再给我包饺子了，没有给我一丝一毫的心理准备。我于是想到了他们，心里涌出一阵凄凉的感觉。随即掏出手机，看看有没有家里发来的信息或者是未接的电话。这是我的另外一只手机，只负责与父母家人联系。这些年我越来越怕听到这只手机的铃声，只要铃声响起，我的心就会扑通扑通地狂跳起来。尤其是半夜，我也会在睡梦中被铃声惊醒。有时是做梦，有时是真的。但不管是梦还是真，那一夜我注定会睁着眼睛到天亮。第二天，我就像被人虐打了一夜，浑身酸痛无力，眼睛里满是血丝。

我吃安眠药已经有好几年了。医生说失眠是万病之源。在这之前，我试过很多的方法，吃过各种褪黑素，甚至去美容院做一种叫作安神养宫的保健，都没有起到任何效果。医生头也不抬询问我，是否有遗传史？工作压力是否太大？性生活是否正常？当听完我的回答后，医生一脸的严肃。我看得出来就是情况很糟糕的意思。接过医生的处方，我像逃兵一样离开了诊室。

露台是玻璃封闭的，其实就是楼顶的阳光房。只是它更大，更宽敞。透过玻璃，可以看见外面的雪花飞舞，不一会儿就将玻璃顶覆盖起来。桌上的菜动得很少，酒倒是下得挺快。黎波与我对面而坐，不时用高脚杯碰撞我的。我忌讳身上的那个肿块，只能象征性地抿了抿。他的同学与那个女人喝得很尽兴。看得出来，他们经常在一起喝酒，而且非常熟悉彼此的酒量和口味。他们有一搭没一搭地谈谈天气、时政、股市，我在一旁做无聊的听众，没有插话的余地。看着渐渐昏暗的天色，我的神思有些恍惚。如果不是因为身上的肿块，如果不是为了躲避我的上司，如果不是因为生活太累，我就不会出现在这里，我与他们之间也就没有任何交集。天色越来越暗，不到四点钟，已是暮色昏沉。北方的冬夜来得太早。这一点让我有些不太适应。

尽管喝得不多，还是有些微醺。我被安排到主卧隔壁的公主房休息，黎波在一楼的客房。公主房是同学女儿的房间，朝阳。粉蓝色的墙面，原木的家具。由于很久没有人住，屋子里有一股淡淡的霉腥的气味。我躺在床上，看着壁顶上一闪一闪的小星星，还有墙壁上满挂的照片。照片上大多是一家三口，看起来十分幸福。那时候的同学还很年轻，头发也还是浓密的，肚子也没有现在这样凸起。每一张照片上他都是同一个姿势，那就是一手搂着满头卷发的妻子，一手拉着穿花裙子的女儿。他满脸是笑，很多照片上都看不见睁开的眼睛。我把所有的照片看了一遍又一遍。如果他的妻女没有出去，我今天就不会住在这里，生活总是有那么多的不确定性。

我离开这座别墅的时候，雪已经停了，天上有一轮明月。

我住进了在网上预约的民宿。比预定时间晚了一天。民宿的老板娘用讨好的口气告诉我，她为了我回掉了其他的客人。我知道这些都是生意人惯用的伎俩。现在并不是旅行的高峰期而且这里并不靠近北山。我之所以选择这里，就是因为看中这里相对于其他地方更加安静。我不会揭穿她的谎言，这些对我并不重要。我也不能惹她不开心，毕竟我还在这里住上几天。我还要她给我做一顿地道的东北乱炖，还要吃一顿正宗的手工饺子。房间不大，炕烧得很热，一个通风很好的卫生间，被褥也还是干净的。这些年，我开始喜欢逼仄的空间。太大的地方，会让我感到不安。可能是饿了的缘故，晚间的饭食也让我感到满意。黎波是第二天晚上赶来的。我给他预定的房间。老板娘在登记的时候，用手推了推挂在鼻间，用白色胶布缠绑着一条腿的老花镜："不住在一起？"见我没有吭声，又加了一句："放心，安全的。"我没搭话，只催促她赶紧登记。她翻了翻有些泛黄的账本，又拉开抽屉，在挂满房牌的钥匙堆里扒拉了半天，找出一个。我看了一下，就在我的对门。

　　黎波说出发的时候，我把手机闹钟设定好。准备午睡。大概在他来半小时之前，我可以醒来，然后收拾一下自己。我已经预定了晚上的饭菜。应该够我们两人吃喝。可是躺在床上却怎么也睡不着，索性就坐起身来。到处走走。

这是一个典型的北方村镇。村落不大，很多屋子还保留着过去的模样，这些我在我的童年或是父母的老照片里见过。雪刚停，地上还是厚厚的一层。这里的雪不似南方。很干燥，也不甚滑脚，踩上去咯吱作响。各家的屋檐都是白白的，檐下挂着成串的蒜头、玉米、红辣椒，门前挂满了大大小小的招牌：客房、住宿、吃饭……好多人家已经开始冻豆包，竹匾、大缸，都被白雪盖得严严实实。我从南向北，沿着一条窄路，渐渐就把人烟扔到了身后。后面有一座小山包，这令我感到惊喜。可能因为矮，很多人上去过，所以朝南的积雪并不多，台阶也不是很陡。我沿着台阶往上，两边的树木也不高大，我间或用手去捋一下枝叶上的积雪，雪就成片状地落了下来。很快我就到了山顶，上面有一座凉亭，几个石凳。几棵叫不出名的树枝挂了一些红布带，给这座空山平添了几许生动。偶尔有雪花飘下，落在我的脖子里。凉沁沁的。真是个好地方。我朝山下望去，已经有炊烟升起。这样的人间烟火让我挂念起千里之外的事情。回去后怎么面对我的上司？出版社那边如果顺利的话，我是不是需要辞职？如果辞了职，我适合什么样的工作？我的老公最怕我提辞职这两个字，每次提及，他会惊跳起来，好像踩到了蛇一般。在一次争吵后，他说我就是那种"心比天高命如纸薄"的女人。那已经是很多年以前的事情了。我们早就不再吵了。家里安静得如同一口枯井。谁也没有力气去搅起涟漪，哪怕就是那么一丝微澜。

黎波来的时候，我在村口。微笑与问候就像老同学一样熟稔。到了住地，刚放下行李，老板娘就准备开饭。五彩大拉皮，尖椒豆腐干，酸菜炖大骨头，东北地三鲜，还有一瓶高粱酒。我不再考虑那个肿块，陪着黎波一起喝。高粱酒的度数有点高，落喉的时候火辣辣地烧人。黎波喝酒很慢，跟我父亲喝酒一个样。一小口一小口的，还要在口腔中稍作停顿。我们频频碰杯。直到我的眼睛里掩饰不住一种渴望。

喝完酒，黎波提出出去走一走。我带着他去了村后的那座小山。我们并肩前行，偶尔我的身体会摇晃一下，他会很自然地扶住我的肩头。很快，我们就到了山顶。那晚的夜空是深蓝色的，月亮也很圆，月光照射在雪地上，反射出幽幽的蓝光。因为四围没有比这座山更高的建筑，月亮就挂我们的头顶，仿佛一伸手就可以摘到。我坐到一块高高的石头上，仰起脸看着那轮明月。我看见了月亮有嫦娥的影子，在那棵桂花树下轻歌曼舞。

我面对明月，梦呓似的问黎波有没有看见月亮里的嫦娥，黎波面对着我："你就是嫦娥。"毫无征兆的，两张唇就这样粘在了一起。可能是酒精的缘故，我居然感觉自己是那么迫不及待。那一刻脑子里的东西全都倒空了，只想跟眼前的这个男人无休无止地纠缠。黎波好像比我更有理智，或者说酒精并没有将他麻醉。面对我火辣辣的身体，他好像只是一种安抚，或者说更像是一种恩赐。回来的时候，黎波好像有点儿内疚。他主动提出到他的房喝点茶解酒。我迟疑了一下。跟他走进房间。

茶泡得很酽。好像今晚不想入眠。我们坐在炕头，以茶当酒。黎波的眼睛一直盯着我的脸。让我一阵阵脸红心跳。我试探着将手放入他的掌心，他反过来捉住。暖气与酒气氤氲开来，我能闻到空气里弥漫着荷尔蒙的气息。我们情不自禁地拥吻，额头、眼睛、嘴巴、锁骨、舌尖在彼此的口腔里打转。直到我的眼泪从眼角流下。他的呼吸在我的耳边就像六月的杨梅酒一般甜腻而又醉人。但是我还是清醒地知道，没有爱。就在他试图将我拉入怀抱的时候，他放在炕桌上的手机铃声骤然响起。我不自觉地瞄了一眼，手机屏幕上赫然闪过的宝贝来电把我的心狠狠地揪扯了一下。黎波丢下我，神色慌张地看着手机，就像看着一块烫手的地瓜，迟迟不接。我扭过头去，不想给他难堪。他抓起电话，四处张望，好像要找一个可以藏身的地方。可是，除了卫生间，别无去处。他像被人发现的小偷一样慌忙地躲进卫生间，并没有忘记掩上了门。只可惜那扇薄薄的门并不能将声音隔开。我在玻璃门上可以清楚地看到他弯腰点头的影子。

我能够听到电话里彼此的声音。开头是询问了天气情况，打算玩什么地方，什么时候返程。正题是人参、鹿茸和雪蛤。黎波在这头一再向对方做保证，保证这回买的都是真的，保证回去以后能让她满意，并且保证很快就能让她怀上宝宝。电话的时间很长，那边的声音很大，好像有满腹的牢骚。黎波弓腰的影子在玻璃门上不住地晃来晃去，让我感到阵阵头晕目眩。

终于，他从卫生间出来并长长地舒了口气，额角挂了一串亮晶晶的汗珠，不好意思地朝我笑了笑。我突然就想回自己的房间了，头也不回地离开了。

就在我踏进自己房间的时候，我最害怕的那个手机铃声响了起来。我这才意识到，我离开这部手机已经有很长一段时间。果然都是我不愿听到的消息：我的儿子在学校跟同学打架，失手打落了对方的视网膜。我的母亲走丢了，保姆也不知道去了哪里。我父亲的心脏病手术定在本月的中旬。这些其实早就在我的意料之中。而让我意想不到是财务科小雪发给我的短信：我的上司因为涉嫌办公室骚扰被公安机关审讯，举报他的竟然是童姐。挂断电话后，我在去哪儿网上订了第二天返程的高铁车票。

我离开村口的时候，天还没亮。路灯下的积雪已经冻了厚厚的一层，行李箱在冰冻的雪地上吱吱作响。北山还没来得及爬，很多的风景还没来得及看，一切就这么结束了。来去仅两三天的时间，就发生了这么多的事情，当真是山中一日人间一年。我抬眼望了一眼天空，月亮还在，已经没有了昨夜的清辉。朦朦胧胧的，也看不见嫦娥的影子。

◖ 颐养天年

太阳刚露脸，灯网子把那只旧藤椅就搬到了院子里。这把旧藤椅究竟有多少年了，她并不知道。只记得老高生前说过，这把椅子比自己大儿子岁数还大。老高的大儿子已有了孙子，这把椅子少说也得五十年了。想想自己五十岁的时候正年轻呢！从大干渠里挑起两桶水跑上三五里路一点儿也不费事。可现在提一壶水都困难了。肩膀拐子僵得不行，腿脚也一样，好比老锈的刀口，迟钝得很。年轻那会儿想象过将来老了会什么样？想归想，终究还没老。等到真的老了，行不便、做不动了，心中的凄惶就运河涨水般，从脚底一直漫过头顶。老高在的时候还好，虽说整天瘫在轮椅上，两个人终归可以说说话，相互有个安慰，每天东拉西扯，日子过得也还快。自从老高走后，这家里就剩下她一个，日头一下子拉长了许多。感觉早上的太阳迟迟不出，到晚上又迟迟不肯下山。灯网子常是怀疑，老爷柜上的闹钟是坏了还是电池耗尽了？于是三天两头抱着闹钟朝镇西头的老唐家跑。修钟表的老唐算起来还是老高的远房侄儿，见灯网子一来，赶忙摘下罩在眼上的放大镜，从桌肚里拖出张折叠式杌凳，拉开来用胳膊肘在帆布面子上来回一蹭："坐，等一歇会儿，就好。"

老唐没称呼灯网子婶娘，因为老高没娶过她。灯网子进到老高家门只是保姆的身份，先是服侍的高奶奶。临死前的高奶奶拉着灯网子的手不放，先拿眼睛盯住老高，慢慢又转过来盯住她，嘴里说不出话来。围着一圈的亲戚弄不明白，最后还是灯网子明了她的意思，贴着耳朵大声说："你是叫我把他也服侍归天吧？"高奶奶听完松开灯网子的手，慢慢闭上眼，两滴老泪缓缓流进深陷的褐色泪沟里。

灯网子就这么留了下来，又伺候老高近十年。虽说两人相差十多岁，但老高到底是大上海退休回来的，比起面朝黄土背朝天的农民看去要年轻很多。灯网子推着轮椅带他出去吹风，理发，晒太阳，到桥头的饺面店吃笋肉馄饨，很多不知道的都以为他们是老两口。刚开始灯网子还向人解释："弄错了，我是服侍他的。"时间长了，也就懒得解释。一是大家都已知道，二是她与老高已不仅仅是保姆与主人的关系了。老高的工资卡交给她管理，就像当年对待自己的老太婆一样信任灯网子，并写下遗嘱：他死后，现有三间瓦房必须让灯网子在里面住一世。宣读过遗嘱的那天，灯网子流了一夜的泪。千算万算，没料到最后给自己养老的竟会是老高夫妇。

这把旧藤椅的年代确实久远了，面上的藤条已经添了好几块颜色，椅腿用布条缠了一道又一道，看起来修补的手艺不咋地。藤椅里有两个靠垫，一个垫屁股，一个垫后背。靠垫里子是棉的，灯网子让大儿子从家里带来的棉花。镇上有几家弹棉花的店，加点太空棉，弹出的垫子又暖和又有弹性，老高坐着很舒服。靠垫的面子是布的，灯网子把家里不穿的棉布衣服拆开来，赶着好太阳洗净晾干，一针一线地缝起来。大伏天晒伏，她把高家衣橱里的大衣服小褂子全部拖出来，包括这两只靠垫。太阳毒辣辣的，老高在堂屋心坐着，前门后门大开，穿堂风吹得凉爽。面前的小矮桌放只泡着大麦茶的搪瓷缸，一只小花盘里堆着切得方方正正的西瓜瓤子。灯网子头上顶着半干的毛巾，穿件肩头有几个破洞的白汗衫。汗衫洗得稀松了，背后几个红字已模糊不清，只有纱厂两字依稀可辨。那是老高过去的工作服，退休后送人送得不剩几件了。灯网子留了两件，她说过去的棉纱质量好，吸汗又透气，穿得破洞了也舍不得扔。

太阳缓缓升高，看起来又是个大晴天。灯网子把靠垫摆好，慢慢地坐进椅子。这把椅子高奶奶坐过，老高坐过，今天轮到自己坐了。前两个坐藤椅的被服侍走了，眼下这个坐藤椅的会是谁来送终呢！凄惶又涨潮般涌向灯网子心头。年轻时听人说：老夫老妻死在前头的有福气。当时就想不明白，哪个呆人要先死？现在明白了这话的道理。自己的老头子算有福气的人，死在自己前面了，死在自己还拖得动拉得动的辰光。服侍老头子的那几年，她还有一头乌黑的短发。老头子病了几年，身上也没有一点难闻的味道，搁到铺上的时候也是清清爽爽的，死的时候是闭着眼睛的，也顺顺当当。庄上人都说他没有遭什么罪。"好生不如好死。"这些年，她越来越理解这话的意思。

今天逢集，大儿子说好要来吃中午饭。她只能坐上一小会儿就要去割点肉，烧点好菜等着。大儿子是来赶集的，家里产什么卖什么：黄豆、红豆、糯米、油菜籽，鸡蛋、鸭蛋、大山芋，有时候还会顺带一两只鸡鸭。他也不是每次都来，有什么才卖什么，什么时候有空什么时候才来，只图赚点活头钱。他天生一副老实样，烂草帽，破胶鞋，东西往地上一摊：全是自己家长的、养的！看这些鸡蛋——吃的活食，多新鲜，还有不少头生蛋呢！这是香糯米，好吃得很！不过灯网子知道，他卖的鸡蛋都是养殖场里挑剩下的小号蛋。他哪里来这么多的土鸡蛋？加起来养了四五只老母鸡，每天取到的蛋还不够自家孙男孙女吃的。好多时候，他还会到灯网子这里来拿鸡蛋呢。灯网子的鸡蛋全是买的，她不怎么吃荤腥，以蔬菜为主，门后一小块空地被她侍弄成了小菜园。隔三差五掐几根小葱来炖鸡蛋，冬天里再放一把炒米，又香又嫩。偶尔买一两斤"罗汉狗子"的小鱼改善伙食。这种鱼下河多得很，个头虽小全身是肉，浑实得很。跟着大咸菜煮煮，好吃又下饭，连鱼刺都不吐，到嘴就下肚，急得"猫叹气，狗跳脚"，那叫一个鲜。

　　灯网子生了三个儿子。大的叫来福，后面按"福寿喜"三字排开。名字是她请人起的，给起名的先生打一了碗炒米蛋茶。当然，白糖放得多多的。她这辈子最怨恨的就是爹妈没给自己起个像样的名字。灯网子，灯网子，人从扫帚高时一直喊到现在。以前没想得太多，名字不过就是个称呼罢了。"大猫赖狗"的还不照样有人叫。自打服侍过高家人，灯网子想问题深了许多。等到自己眼一闭脚一蹬，人家来吊孝的时候花圈上怎么写？来来往往看热闹的人定会指指戳戳的：这个人啊，一辈子连个正经名字也没有。那天她跟老大提起这桩事，来福一句话就说通了："到时候就写胡老太，上年纪的走了不都这么写？"

想到走的那一天，灯网子心里五味杂陈。要是能像小河南的钱老太，一觉睡死就好了。千万不能像高家老两口，都瘫在床上好几年，吃的药比吃的饭多，这种日子真是活受罪。好在他们都是公家人，看病的钱报销一大半，还有钱请得起保姆。自己日后若是往床上一瘫，真就送大命了。她想过吃安眠药，又怕儿孙被人诟骂，想来想去，真难。

太阳真好，不一会儿，灯网子的手脚就暖和起来。她站起身，走到堂屋里看看刚上过电池、擦过油的闹钟。起身拿过一只竹篮子，关上院门就往集市走。集市离高家不远，隔条河，过道桥，拐个弯就到了。桥头有家小商店，门前搭了个凉棚子，棚子底下放了张小方桌，几张塑料凳。经年有人聚在这里，大多是上了年纪的。有时一桌牌，有时一桌棋，剩下就是看后影的，说闲话的，热闹得很。灯网子每次去集市都要在这里停一下，顺带一瓶酱油或是买包盐，即使谈不拢，也会和店家打声招呼，这么多年，习惯了。

开店的原是供销社职工，一肚子生意经。她卖的东西总比旁人家的便宜点儿，三天两头还搞促销活动：方便面、火腿肠、老红糖、垃圾袋子、塑料桶……门前的小喇叭除了重复播放降价的好消息，就是播放老淮剧。听说淮剧是从哭丧调演变过来，调门子悲苦。但这里的人却特别喜欢听。尤其是家里死了老人的，有钱没钱，总要在门前的空地上搭个场子，请个戏班子。戏班子唱的就是老淮剧。就连请来哭丧的人，也会扯开嗓子哭成淮剧的腔调。至于唱词，基本是固定的，偶尔根据各家情况现场发挥。唱来唱去逃不过"娘亲爹亲，舍不得苦命的双亲"。上了些年纪的听多了都会哼几句："今夜设灵堂把母祭奠，哭一声儿的妈永世难见。众儿孙戴重孝哭倒堂前，把慈母苦平身哭诉一番……娘为儿终身把苦受遍，娘为儿终日里受尽熬煎，娘为儿苦度日克勤克俭，娘为儿每日里忍饥受寒。"

高音喇叭往门前的电线杆上一挂，全村都听得到。从太阳出来唱到太阳落山，呼天抢地的瘆人。乡邻意见再多没人敢提，毕竟死者为大，谁想自讨没趣？村里有过先例，有人实在受不了搅扰，去请丧家哭嚎的音量小一点，结果过来一记闷棍："你家不死人啊？"惹了浑身的晦气。就这样吹吹打打，哭哭唱唱到了第三天，把亡人朝火葬场一拉，眨眼清净。灯网子这些年越来越害怕听到哪里又"老"了人。这地方忌讳说死，就拿"老"来代指。她害怕的不单是死，更多的是死前死后的事。初一、十五敬香，她竟然跟菩萨念叨，求自己一个跟头跌走，或是一觉睡走，那才是阿弥陀佛。

灯网子路过小店的时候，想起来还要买二两茶叶，五块钱一两的那种。来福每次吃过饭，都要喝上浓浓的一大缸茶，牛饮水一样。灯网子说他"先是馋痨，后是渴痨"，劝他岁数大了吃东西咸头不能太重，容易血压高，弄不好一个跟头栽下去醒不来。来福鼻子里哼哼："老土包子做生活的，嘴里没个咸味哪来的力气？"心里却想道："你跟着上海佬学洋乎，什么高血压、高血糖的，听说高家的俩老几乎油盐不进，嘴里都淡出鸟来了，还不都是这高那高的啊！"

　　十月小阳春，院子里的花开得热闹，红的，黄的，还有白的。扁豆藤上挂满豆荚，挤挤夹夹的。灯网子不敢爬高，豆子都叫邻居摘了去。隔壁有个跟她差不多大的老婆婆，手脚麻利，胆子也大，她敢顺着板凳爬上院墙去摘扁豆。边摘边调侃："就你命值钱！"灯网子说："我不是怕死，是怕一跤跌不死。"

　　看到灯网子割肉、买茶叶，大家就知道他大儿子要来。二儿子呢？来得很少，一年见不了两次。他在村里包鱼塘，走不开。他来的时候会提几条大肚子鲫鱼，偶尔也带几条大头的鲢鱼。灯网子捧两块老豆腐跟鱼头烧汤，鱼段子红煮，一个人能吃好几天。二儿子来时手不空，回去也不会空手，必定要跟母亲"串点钱用用"。灯网子想他来又怕他来。自己身上掉下的肉哪个不疼惜，可提到借钱，灯网子心里多少有点儿不快。自己手头有多少钱自己清楚得很，她早已把这些钱在心里分成了好几份。就是有了这几份钱把她的心填得满满的，才让她觉得踏实。少去一份，心就被掏空一块，那种滋味，只有她知道。不借也不能，鱼塘发的是血汗财。稍有不慎，血本无归。总不能眼睁睁看着塘里的鱼虾因为没饲料饿死，没鱼药病死。老二一家老小要去喝西北风，自己的那点儿老本怎么还能保得住？说到底，她还是舍不得老二。老二怕婆娘远近出名。日子好，老二就好过；日子不好，老二过的就不是日子了。

每次借了钱，老二总说等干鱼塘的时候还上。还过几次，有些零头碎脑的他不提，灯网子也开不了口。老二是个老实人，他不是存心赖账，是做不了钱的主。逼着他还钱，就是要他回去受婆娘的气，灯网子于心不忍。

老三已经多年没有消息。早些年跟人去外省做生意，在当地娶了个老婆。老三带她回来住过一阵子，最终还是回去了，说是实在不适应这里的生活。老三自然跟着她走。这一走就是数年，听说在那边也买了房子买了车。前些年，老三回来说，在外面投资了一个大公司，准备跟家里的亲戚朋友集点资。回来的老三风光得很，灰色貂皮大衣，漆黑的圆头皮靴，特别是头上有顶像《林海雪原》里的"座山雕"戴的那种帽子，根根毛竖着，抖抖的。眼见着天上的雪花飘下来，就是沾不到帽顶上。村里有个采购员，走的地方多了，是个见多识广的，他说老三的帽子值钱，三间瓦房也换不到。老三运回的年货办了好几桌酒，那个年过得风光，也有点奢侈，单是散出去的香烟抵得上村里人一年抽的，况且这些烟都很高级。莫说村干部，就是乡里的干部都没抽过。老二媳妇第一次从家里拿出一片猪后座，几块猪血，一壶菜油送来给公婆过年。灯网子接过时有点儿手忙脚乱，连说话都有些磕磕巴巴。老头子一声咳嗽："慌什么。"

老三是携着"一裤腰"的钱走的，大家脸上都挂着笑，送了一程又一程，好像送得越远利息会给得越多。瞄着老三已经僵硬的笑脸，灯网子的心突突地吊了起来。自己养的儿子自己知道，这小伙哪来这么大能耐？集资的钱多得听上去都叫人害怕，要是还不上，他们老两口的脸朝哪里放？灯网子想想心里都发怵。

灯网子想得没错。刚开始，老三都按时支付利息，后来开始延期。资金回笼慢，银行贷款还没批下来，第三方的钱款尚未到账……理由一堆又一堆，大家也都相信是真的。乡里乡亲的，算起来还都沾亲带故，不能因为拖延几天就翻脸。就这样今天拖明天，明天拖后天，慢慢地，老三就没有消息了。有人说老三的公司倒闭了，有人说老三根本就没做生意。从小就好吃懒做想发财的主，手伸出来比女人的还白嫩，他就是跟着那女人出来行骗的，专门骗亲戚骗熟人。那些日子，灯网子每天将大门关紧，只要门锁一响，她的心就嗵嗵地跳，像是要蹦出来。还是老头子沉得住气："门开着，随他什么人来。闹也好，打也好。磕磕篮子卖生姜，就我们两把老骨头。自古以来都是父债子还，没有老子代儿子还钱的道理。"

老头子病了，骨癌，已经到了晚期。灯网子家的大门大开着，也没有人来闹了，包括老二家的。有人上门，都是来看望老头子的：鸡蛋、糯米、黑鱼，有的是两包奶粉。灯网子的眼泪哭干的时候老头子也升了天。他没有手术，也没有化疗，吃了几十贴中药。清醒的时候反复交代灯网子：不能叫老三回来。

灯网子做好饭菜，泡好茶水，拿起老爷柜上的闹钟仔细看了看，快十二点了，集市按理也散了。她把藤椅子搬回家来，坐在堂屋里等着。太阳照在屋子正中，光影照在灯网子的身上。她眯着眼睛，脸上沟壑交错，灰蓝色的围腰子掀起一角，花白的脑袋耷拉在一侧的肩膀上，像一只瘪了气的皮球。她的两只脚交叉着，钟摆一样缓缓地摇动，突然间就摇醒了，四下看一眼，又眯上眼睛。闹钟在她的身后不紧不慢地走动，院子里偶尔几声鸟叫，饭菜放在桌子中央，用小饭罩扣着，袅袅地冒着热气。

门扇吱嘎一响，灯网子张开眼：老大来了，手里拿只装着鸡蛋糕的方便袋。

老大将方便袋放到老爷柜上，说是特地为灯网子做的，用的正宗土鸡蛋。转身坐下准备吃饭，灯网子把茶缸子递了过去，老大接过，低头一大口：杀心火。坐在对面的灯网子慢慢扒拉着碗里的饭菜，老大夹了块肉要往灯网子碗里放，她拿筷子挡住了："鱼生火，肉生痰。"老大说上了年纪也要少动点荤腥，当真"青菜百叶保平安"啊？说话间又要给夹菜。灯网子知道他心里一定有什么事，叫他直说。老大听了这话，立即放下碗筷，面色有些发红。停了停，终于道出了自己的心思：孙女秋天要到镇上读初中了，他们想一起住到灯网子这里来，夫妻俩给孩子烧饭，一边照应生活，一边在集上做做小生意。

老大话刚出口，就被灯网子拦了回去。

"房子不是我的，我不好做主。"

"高家让你住一世呢。"

"住一世也是人家的房子。"

"我们又不是外人。"

"对于高家，就是外人。"

"不要傻，高家子女都在上海呢，问不到。"

"问得到，问不到，都不能。"

"我们住进来，也好照应你。"

老大拿出了杀手锏。灯网子愣了愣。老大的屁股立即离了板凳，挪到了灯网子的边上。

"你也八十岁的人了，看着精神一年不如一年，你一个人住在这里，万一有个什么病痛也要有人照应。说句不好听的，哪天你真的走了都没人知道，我们做子孙的脊梁骨要被人家戳断的！"灯网子依旧不做声，桌上的饭菜渐渐地没了热气。

"房子是高家的，你们不好住过来。"灯网子始终还是坚持这句话，"孙女可以住校，一时半间的到这来吃顿饭也行。"老大的脸色更红了："什么高家不高家？不亏你，高家那两个老的能顺顺当当地归天？他高家儿女当真没数？你对高家有恩，有大恩。要不人家能把房子给你住一世？房子一个人住也是住，一家人住也是住，能有什么废话？"

灯网子叹了口气，什么事情按规矩来，房子是高家给自己养老的，不是给老胡家人行方便的。自己一辈子没做过不守规矩的事情，眼看着黄土都快埋到下巴了，不能坏了一世的清名。人可以生穷命，不可以生穷相。

"什么规矩不规矩？外面人说你跟高老爷子早就有那回事了！要不然人家能给你养老？"老大激动起来。灯网子一个激灵，端碗的手一滑，蓝花粗瓷的饭碗咣当一声摔在地上。天地都摇晃起来，太阳也不见了，到处黑漆漆一片。

　　灯网子住进了医院，小中风。幸好抢救及时，保住了性命，但是左侧身体麻木，说话也有些模糊。她醒过来的第一反应就是：我的命怎么这么苦？这么半身不遂瘫在床上，往后的日子怎么过？老大没想到自己情急之下的一句话要了老娘半条命，他也在想：以后这半条老命怎么办？跟谁过？哪个来负责医药费？又是哪个每天在床前端茶倒水，把屎端尿的？不是自己不孝顺，家里情况摆在这呢！儿子媳妇上班，孙男孙女上学，还有十几亩田。两口子天不亮起床，跌跌撞撞直忙到点灯，家里的，地里的，儿子的，孙子的，整天忙得出不了头。老二家更好，两口子在鱼塘边搭了个棚子，吃住在里面，直到年三十才回来。弟兄俩已经是泥菩萨过河，哪里还能顾得上老娘来？

　　弟兄俩坐在住院部院子的长廊里商量事情。他们一起想起老三来了。这个老三，从小到大爹娘老子最惯，把他当丫头养，梳辫子，穿花衣，脖子上还挂着银项圈，家务活从不让他干，养得膘肥体胖，细皮嫩肉的。最可气的是，让他念书一直念到高中毕业，两个哥哥等于是睁眼瞎。自打圈走乡亲的钱后，再就没回来过。老子临死都没能见一面，孝都没戴，莫说出钱了。估计这些年老娘背地里还贴着他，现在老娘倒下来了，他不能不管，要么出力，要么出钱，两头总要出一头。他也是爹娘老子养的，凭什么在外面逍遥自在，我们倒霉！

"说起来，我还有钱在他身上呢！为了安定团结，我牙缝里抠下钱交给你嫂子，说是老三还来的。你嫂子还问利息，我说能把本钱还上就不错了！自己的兄弟，你说能怎么办？"

"你这么说我也冤！那年春节他回来说要送礼，跟我拉了几百斤的鱼虾，都是扁担长的青混，等斤重的鲫鱼，还有尺把长的季花。最可惜的是两只老鳖也被他拿走了，一只老鳖有四五斤啊，拿到市场上少说也得卖个千儿八百的。他说跟人家买也是买，这是照顾自己哥哥的生意。说好了年后结账，结果鬼影子都没有！"老二说着朝花圃里吐了口痰。其实他只说了一半，还有一半没有说，后来的鱼钱是灯网子给补上的。

老娘的手头肯定有一笔钱，而且数目不会小。她平常总说，再苦再难也要攒笔棺材本。这个时候不拿出来什么时候拿出来？弟兄俩在心里盘算着同一个问题，可谁也不想先说出口。

最终，两个人商量的结果就是让老三先汇一笔钱，给灯网子看病，余下的事再做商量。可是他们并没有老三的联系方式。一天中午，老大租来一辆轮椅，把灯网子推到院子里透气。老二推着车，老大跟在后面慢悠悠地晃荡。院子里散聚着很多坐轮椅里的老人，他们都由人看护着，谁也不讲话，就看着梧桐树上的叶子随风飘落，一片，两片，三片……

母子三人也不讲话，轮椅推得很慢。终于，老大开了口。他说家里这么大的事情应该告诉老三，不能够遭他的责怪。灯网子的身子明显颤了一下。

"回去吧。"

灯网子含糊不清地说道。晚上，老大来送饭的时候，灯网子用右手举着一张有些发皱的纸条，纸条上歪歪扭扭写着一行字，那是老三的地址和电话号码。

老三很快把钱汇过来了，并在电话里交代：老娘那一天的时候一定要提前通知他。"你还知道自己是人生父母养的！"老大在心里骂了一句。

灯网子不配合医生治疗了，也不肯吃饭喝水。无论大家怎么劝慰，她都闭着眼睛一言不发。没几天，灯网子的脸色就像枯死的黄叶，身体也像缩水了一般，除了呼吸声沉重，整个人都轻飘飘的。医生建议家属赶紧把她接回家去。

高家的房子经她住一世，但是死了不能搁在人家里。按规矩，应该搁在长子的家中。这是灯网子早就交代过的。当天晚上，老大叫了一辆出租车将灯网子接回了家。回家后的灯网子精神看起来好了些，但是依旧不吃不喝。庄上的老人都说她这是在等死，不想连累下人。唉！自觉了一辈子！是个苦命人啊！

　　重阳节的前一天，灯网子的精神出奇地好。她把两个儿子叫到身边，告诉他们，明天到高家去，把她睡的枕头被子抱回来。再给高家子女打个电话，告诉他们她回家去了。高家的房子还给他们了。这么多年住在高家，糟蹋了，多有得罪。被窝枕头抱回来的时候，灯网子快不行了。她迷迷糊糊地接过枕头，将脸贴在上面，老泪直流。右手却一直在枕套的背后摸索，像要掏什么东西。老大立即明白过来，他拿过枕头，将手伸进去。突然，他的手停顿了一下，再一会儿，从里面掏出一只牛皮纸的信封。信封里有一张蓝皮的存折，一张折叠好的信纸。

　　信上是灯网子交待的后事。大体意思是说自己这辈子没有本事，年轻时靠卖菜、老了靠帮人攒了一点养老钱，全在这本折子上。扣去看病花去的费用，就是丧葬费，余下的弟兄三人分四份。老大两份，老二老三各得一份。老三对不住大家，看在亲弟兄的份上给他留条回家的路。

就在大家读信的时候，老大的孙子叫起来：太奶奶的枕头里还有东西呢！大家循声望去，只见他从枕套里掏出三只红布包，看起来小小的，瘪瘪的，轻轻的。老大一把夺过，用手捏捏，像是毛发样的东西。他在众人疑惑的目光下打开布包，原来是三绺软软的，细细的，有些发黄的胎发。

　　"娘啊！"弟兄俩扑通一声跪倒在灯网子床头。只听到她喉咙里一声咕噜，转眼就咽了气。

　　灯网子的丧事办得很体面，和尚道士，喇叭唢呐，放焰口，唱小戏，一样不少，光是孝布就扯了几十丈。老三也赶了回来，虽未见上母亲一面，能抚棺送葬也算不错了。唯一不同的是，高音喇叭里的哭丧调不再是过去的老淮剧了，而是当下流行的歌曲《母亲》。

　　听说这是老三的主意。

☯ 真相

　　李娅统计完最后一个数据，有点不敢相信自己的眼睛。她伸手端过茶杯，喝口水咽了咽干涩的嗓子，立即移动鼠标，返回表格的最前页，再一次对照，复核，计算，汇总。事实再次告诉她，没错。

　　李娅拿起手机，准备向主管领导汇报情况，可领导的电话无人接听，无论是办公室座机还是手机。她抬起手腕看了一下表，已经是下午5点15分。这个点，正好接近下班。办公室周主任一整天都行色匆忙，走路都能听到他喘气的声音。李娅估计头儿们白天忙着应对上级检查，晚上照例要吃喝招待。或许此时正陪着餐前娱乐，牌桌上大王小王炸得地动山摇。再去打搅，肯定讨得没趣。李娅这么想着就挂断电话，跟以往一样直接登录了电子报告系统。随着光标一闪，"嗖"地一下，邮件显示"发送成功"，她顿觉浑身轻松。这个秋冬季节确实太忙了，工作量几乎是前三个季度的双倍。李娅跟方源抱怨过，身上担子太重。这些年她一直想调到资料室，那里虽是清水衙门，但人轻松，没有太多压力。关闭电脑，将茶杯里的残水倒进垃圾桶，李娅对着镜子理了理头发。镜子里的自己有些散乱，鼻翼和眼角也有些脱妆，或许是光线的问题，抬头纹好像比以前明显了许多。岁月从来没有饶过谁，李娅一边这么想着一边拉开化妆包，开始扑粉，描眉，涂唇膏。几分后，镜子里的女人立即神采奕奕。难怪方源时常感慨这个世界不公平，女人有化妆神器，而男人只能本色出镜。

理好妆容，换鞋，穿上外套，这是李娅下班前的固定程序。然后她会蹬上高跟鞋，一路哒哒哒地走向车库，钻进那辆银色的座驾，经过三条大马路，七个红绿灯路口，最快历时十四分钟，进入她所在的小区。再步行三分钟上电梯，十秒钟后就可以舒适地躺在家中的沙发里。晚饭不急，她要先跟方源说几句话，等到方源发来一句问候："宝贝，赶紧吃饭。爱你。"这时候的李娅才懒懒立起身，再懒懒地走向厨房。

相对于李娅，方源更忙，几乎没有属于自己的时间。李娅说他是想替代老总的节奏，方源说不想当将军的战士不是好战士。李娅说此处应该更正为不想当领导的男人不是好男人。说归说，方源至今没有当上领导，李娅也从来没有在意过。就在李娅准备出门的时候，领导发来微信，他是要李娅一起参加今晚的接待活动。李娅的脸色马上就不好看了。她知道，一定是有人来不了，让她去填空子。这种情况已经不是头一遭，她没有立即回复，而是将信息转给了方源。方源回复：听从内心。

李娅是最后离开这栋办公楼的。此刻，窗外的霓虹灯渐次点亮。冬至后的黑夜总是来得很早，尤其是今年。自入冬以来，太阳就像住了院，总是不能见到它的身影，偶尔露下脸也是匆匆忙忙，一副病怏怏的样子。缺少阳光的冬天，按理该是阴冷的，可今冬的气温却不低，李娅还没穿羽绒服，而她一向是怕冷的。方源说她就是一块冰，只有在他的怀里才能捂出热气来。

想到方源，李娅悄然一笑，唇边漾开了两个深深的漩涡。后天，就是本周六，是她和方源见面的日子。方源早已为她订好车票——G355次，6号车厢，依旧是靠窗的位置。确认办公室门窗已经关好，李娅匆匆钻进电梯。电梯里有香水和烟草混合的味道。李娅跟方源吐过槽："这两种混合的味道怪怪的，一点儿都不好闻。"方源却说："这就是男人和女人的味道，是天地人神的味道，要是哪天世间没了这样的味道，你会觉得恐慌不安的。""胡说八道！"李娅递去一只削了皮的梨，温柔地看着方源。说也奇怪，方源说过这话，李娅对浓烈的香水味和烟草味竟然真的不再那么反感，有时候竟也还觉得好闻起来，而且她认为绝不是心理作用。李娅将自己的感觉告诉方源，方源说："亏你是学生化的，这就是化学反应，叫作感染，懂不懂？"

下电梯，进车库，开车。她先奔奥丽购物中心去买面膜和眼霜。口红不用买，她用得不多，即使用了也轻描淡写，绝不浓妆重彩。方源不喜欢浓妆的女人，他说男人心中的美女是天然的，不用太多雕饰。不是明星，不上舞台，不靠脸吃饭，自然本色当然最好。女人清清爽爽其实挺好看的，定要纹上浓眉和眼线，再抹上重重的腮红，这不是硬要把自己搞成女钟馗的模样。李娅不高兴了，说他不懂时尚，还涉嫌丑化妇女。方源立即投降："不就随口一说嘛，不是钟馗，那是媒婆，评剧《刘巧儿》里的媒婆。"李娅笑弯了腰："你是葡萄吃不到就说酸吧？"方源一把搂住李娅的柔软的腰肢，用额头抵住李娅说："谁说我吃不到葡萄了？你就是鲜美可口的葡萄，我想想是什么品种来着？金手指，夏黑，巨峰，对了，醉金香！"惹得李娅笑倒在沙发里。方源借机凑近她耳边："其实叫巨峰更形象。"说着，有只手就不老实起来。呸！

李娅笑骂一声，猫一样反身从方源的腋下逃开，然后去厨房给方源做饭。方源只有跟她在一起，才能踏踏实实吃顿像模像样的家常饭。

李娅从心底不想去吃那顿饭。她深切感受到那是多么尴尬、无聊。面对一桌地沟油和味精大料掺和起来的饭菜，陪着一群从严防死守到半推半就再到来者不拒的酒客，看着他们从豪言壮语到胡言乱语再到默默无语，李娅不喜欢。即使不喝酒或是少喝酒的场合，也是令人肉麻的相互恭维和一些无厘头的鸡零狗碎。方源是不喝酒的，他说男人不会喝酒未必是好事，女人会喝酒未必就是坏事。可他就是学不会，抑或是根本就是不想喝。尽管他也知道，一个不会端酒杯的男人是多么不适应当下这个年代。

有电话进来，是宣传科的林晓晓，问她有没看到领导的微信。李娅说："刚下班，开车，压根没看手机。"林晓晓让她赶紧到花冠酒店的四楼包厢，李娅鼻子里嗤了一声："又是哪个重要领导来不了吧？"林晓晓压低声音："姐姐，你不是一直想调到资料室吗？今天这个机会多好，我来跟领导开口，桌上多敬领导几杯。"李娅笑出声来："小丫头，酒桌上的话能算话吗？"那边林晓晓的声音大了起来，四周也安静下来，显然是她已经走出包厢到了四下无人的地方。

"我说姐姐，你是不是真的被我那未来的姐夫感染了？何必把自己搞得那么清高，不食人间烟火的样子，吃顿饭怎么了？不吃白不吃！就算垫空又怎么了？你知道这世上还有多少人等着填空子呢！快点过来，等你！"林晓晓挂断电话的同时，李娅一转念，同时打转方向，向花冠酒店驶去。

花冠酒店是李娅单位定点接待的地方，确实不错，无论地理位置、停车场、周边环境，还是店里的菜品都具一流水平。酒店老总会做生意：凡是公务接待，价格死贵，结账的时候一分钱零头都不带找。遇到个人请客，却是主动打折，折后抹零，还外发优惠券，这就等于拿着公家的钱去补贴私人消费。这么一弄你满意，我满意，大家都满意，这也是花冠酒店多年来屹立不倒的重要原因。方源说过这种现象太坏了，这样的吃喝风迟早要刹，等着瞧。他还说做个深度调查，然后借助媒体曝光。李娅问是不是就像当年的记者调查地沟油、黑煤矿那样？得到肯定后，李娅一把抱住方源："当年那些记者被人追杀，死的死伤的伤。你是不要命了？还是想抛下我不问了？"方源抱紧李娅："没这么严重。"李娅背过身去："过点儿安生日子不好？一定要翻天覆地？再说了，这天地是你一个人翻得了的？"方源不说话，熄灭了床头的台灯。

晚宴的氛围特别好。借着酒劲，林晓晓还真跟领导说李娅想调整岗位。李娅觉得脸红，毕竟属于个人隐私，在公开场合下，当着这么多人的面跟领导提起，真的有些不合时宜。没想到的是，领导竟然一口答应了，他说年底要分来一个研究生，学的就是这个专业，然后又说了工作中专业对口的重要性，诸如可以提升工作效率，减轻工作压力，等等。李娅暗中观察领导的状态：酒不多，思路清晰，有条理，说话也不带重复的。这件事儿看来还有戏。"我这么说不代表小李的工作没做好，而是根据小李的实际情况她更适合去资料室。正好资料室的老黄明年六月也退休了，你看，这叫什么来着？无缝对接！绝对地无缝对接嘛！"领导话音刚落，赢来了一阵掌声。声音虽然不大，但能感觉到是热烈的。

酒过三巡，菜过五味。慢慢地，桌上的气氛松散开来，各自多了交流的话题，集体举杯也改成了二三人之间的推杯换盏。李娅喝了几杯葡萄酒，脸上微微发热，同时发热的还有她胸膛里跳动的那颗心。趁着大家都不在意，她悄悄退出酒席，走到长廊的尽头给方源打了个电话，一五一十地说了刚才发生的事情。

第二天下午还没到上班时间，领导给李娅打来电话，叫她立即去办公室一趟。李娅心里一紧，是不是昨晚说的事有变化了？想想也不对，不管什么情况，不可能这么快就有结果，即使变化，也不至于这么着急跟她解释。这几年，她几次提过岗位调整的要求，都因为各种理由未能如愿。她再也没有想到会这么简单，昨晚上一顿饭，几杯酒，林晓晓一句话就把问题解决了？李娅的心里乱糟糟的。

领导的办公室朝南，暖气开着。大大的落地窗前是高大的亚热带绿植。阳光透过玻璃落在植物的叶子上，满眼春天的气息。一股幽香扑鼻，那是办公桌上墨兰和玻璃杯里的绿茶混合起来的味道。然而，领导的脸色阴郁，与这样的氛围极不相称。

"昨天下午报表发了？"

"发了。"李娅蓦地想起那个有些异常的数据。

"没发现什么？"

"……多了两倍的数据。"

"当时怎么想？"

"以为错了，又重新核实了。"

"结果呢？"

"没错。"

"数字没错，你错误大了，知道吗？！"

……

"小李呀！你太不敏感了，遇到这种情况为什么不先向我汇报？"

"我打你电话了，没人接。"

"当时给我打电话的动机是什么？"

"数据……我有点担心……"

啪！领导肥厚的大手重重地拍向实木的桌子。李娅的心扑通一声。

"你还知道担心！知道害怕！说明你是知道后果的！既然知道却不计后果直接向上汇报，你是故意给我难堪！"领导的脸色愈发难看了。

"我打你电话了，你没接……"

"不要把借口当理由！没人接听你可以再打嘛，谁能保证二十四小时随时接听电话？就算我没接，晚上吃饭的时候为什么不告诉我？我也好早点儿补救！小李啊小李！我们做什么事都得严谨，要考虑后果。其实，其实——早该把你调到资料室了……"

领导的脸色从绯红到紫红转成黑红。李娅的脸色从米白到雪白又变成苍白。一张黑脸一张白脸隔着一张办公桌的距离，围着那个有些惊人的数据变换着色彩。窗外的天色阴暗下来，黑云透过窗户，屋里笼罩着一层魔幻的气息。

还好，事情终究被压了下来。上面的意思数据暂不公开，因为仍需要一层一级地向上再报，还有个过程。李娅受到严肃批评，也做了保证：绝不公开那个有些骇人的数据以及数据背后可能衍生的问题。

李娅不是个饶舌的女人，这是所里一致公认的。昨晚到现在，她没有跟任何人提起过这组离奇的数据。当初之所以着急把数据发出，除了怕打扰领导，其实还有一个原因：就是害怕重新运算检测，再做数据分析统计。那么这一周的假期又要泡汤，与方源的见面又成泡影。至今为止，距离他们上次在一起的时间已经超过三个月了，她多么迫切期望方源在她身边，也许什么都不做，就这么紧紧地相依相偎，好让她的双脚与身体在这冰凉的夜里有暖暖的温度。

方源的身体是热的，尤其是冬天。都说"少年小伙三把火"，此言一点都不虚妄。尽管方源已经人到中年，依旧热血沸腾。李娅只要靠近他，身体就会变得暖和起来，升温比空调还要快。手脚变暖和，身体也变得软绵绵的，连喘息的声音也软得像春风里的燕语一般呢喃。随着跟方源的交往，李娅能感觉到自己身体的变化：皮肤变得细腻紧致，两颊也有了淡淡的红晕，最明显的是身体也在慢慢地变暖。她把这些变化告诉方源，方源哈哈大笑，说她被感染了。李娅假装不高兴："都是你感染我？我就没有感染你？"方源连忙说："当然有，互相感染嘛！"李娅紧追不放，问起方源的变化。方源坏坏地说道："变化太多了！饭量变大了，声音变大了，力气变大了，哪哪都大了！"李娅直骂他混蛋一个。

　　方源是受命去 M 市开辟新市场的。这几年广电的日子不好过，员工开始从推销报纸到推销白酒。跟所有的单位一样，员工要吃饭，还要吃上饱饭，好饭，就需要发展壮大。M 市交通便利，机场、铁路、码头港口人流如织，小街小巷鸡犬相闻。自古以来就是经济重镇。领导看中这块风水宝地，要在那里开办一家子公司。企业跟人一样，要生存要发展，总不能吊死在一棵老树上。老总考虑到方源目前还是单身，也是跑新闻的出身，眼头脚头比一般人勤快。把他调去开展前期工作，没有什么后顾之忧，也会比其他人更能尽快熟悉各方情况。尽管方源舍不得离开李娅，也舍不得离开他的新闻专业，况且局里不缺单身汉，比自己年轻的大有人在。但是自古以来"端人碗就要服人管"。正如编辑部的老费跟他说过的那样："小方啊！你要好好把握住眼下的机遇啊。树挪死人挪活，动一动对于年轻人未必不是好事情。你还年轻，要学历有学历，要经历有经历，专业水平更不在话下。千万不能学我，我反正是'头顶到天花板了'。再说了，做新闻有什么好，哪有搞企业来钱快？你眼下要用钱的地方多着呢，总不能叫人家小李将来跟你住进旧房子里吧？"

都说老费跟人不好相处。唯独方源与他无话不谈。老费平时很少讲话，大家说他惜字如金。但经他编辑出来的文字一定是最好的。一个在别人的眼里只会编辑不会说话的人却经常跟方源说些掏心窝子的话。他说锥子没有两头尖。得了这个就要舍得那个。里子面子只能一头光亮。方源也是在老费的劝说之下下决心去的 M 市。且不说将来市场开拓得如何，光是补贴这一项就跟自己的工资差不了多少。经济为王，眼下的方源确实需要用钱。他要让李娅过上幸福的生活，让她成为别人眼里幸福的女人。李娅也舍不得方源离开，他到 M 市的工作远远要超过预计的艰辛。方源却对李娅说："为你搬砖，比什么都快乐。"

方源的前妻是病逝的，刚结婚没有多久。岳母的声声哀嚎里总有一句：可怜你没有过一天好日子。那时，他们确实什么都没有，包括孩子。提到孩子，方源的心里就会蒙上阴影。他想结婚又怕结婚，甚至希望李娅是个带着孩子的单身母亲，这样，他与李娅就不用再生一男半女，他定会像亲生父亲那样对待李娅的孩子。可偏偏李娅没有，在别人的眼里，没有子女的再次婚姻应该是完美的组合。可是，对于方源却不一样。李娅不知道，方源也不能够让李娅知道。

G355 次动车准点进站。李娅拖起随身行李，随着人群移动，过了检票口，进入站台，然后跟所有等车人一样抬头张望，满脸的期待。列车一路逶迤曲折，从远处奔驰而来，阳光从车身反射到李娅的脸上，给这张纯粹的瓜子脸镀了一层暖暖的橘色。Y 市与 M 市虽然不在一个省，却靠得很近。两座城市分别连接着两个省份，听说两省的分界线就是一座小石桥。坐上动车，也只是三个小时的车程。听听音乐，刷刷抖音，看看新闻，接了两个电话，喝了一杯咖啡，翻了一会儿杂志，广播里已经提示前方快要到站。李娅收拾好小面板上的杂物，给方源发了一条即将到站的微信。

M 市果然是个人口密集的大市。光是火车站的人流就是 Y 市的好几倍。这让李娅又想起了那个多了两倍的数据。她立即摇摇脑袋：这几天是她与方源的罗马假日，千万不能因此破坏自己的心情，然后再将坏心情感染给方源。这么想着，一抬头，已经看到来接站的方源。人真是个奇怪的动物，尤其是女人。尽管站台上人山人海，尽管方源跟很多人一样戴着口罩，但是，只一眼，李娅的目光就落到了方源的身上。穿过重重叠叠的人群，两个人终于站到了一起。

一路上，方源告诉李娅。今年冬天 M 市感冒的人好像特别多，自己也中招了。李娅说秋冬季本来就是流行病的高发季，要多喝水，多休息。方源乜斜了她一眼："你来了，我能休息好吗？"李娅的脸微微一红，拿眼瞄了下出租车司机。方源朝着李娅挤了挤眼睛。

方源租住在市中心的一个小公寓里，地方虽小，所有的配套设施倒也齐全。李娅说这才像是回家的样子。方源到了家立即摘了口罩，一把抱过李娅。

"给不给亲？"

"你看呢？"

"感冒了。感染你怎么办？"

"拉倒吧！怕感染应该叫我别来呀！"

"来吧！我们一起同呼吸，共命运。"

方源的唇紧贴李娅的唇。李娅的双臂紧紧绕过方源宽厚的肩膀。

跟平常人家一样，这几天的生活，除了恩恩爱爱，柴米油盐，家长里短，李娅和方源也说各自的工作，将来的打算。李娅还是忍不住将前几天发生的那件不愉快的事情告诉了方源。方源的第一反应就是："这可不是一件小事情，怎么可以隐瞒？"李娅学着领导的话："那不是刻意隐瞒，我们单位根本就没有通报的权力，要一层一级向上反映，要有个等待的过程。再说了，事情也许并没有那么严重。"李娅又说自己只是受到了批评，也没有影响到其他。方源没再说话，但是李娅能够感觉他情绪变化，那晚，他们睡得很早，夜里，李娅听到方源不停地翻身，她有些后悔：我还是将坏情绪感染给他了。

三天的假期很快就结束了。李娅与方源彼此依依不舍。临别的时候，李娅还特意交代方源："那件事情不要再提，那个数据也千万不要外传。"因为她答应过领导也做过保证。方源抱了抱李娅的肩头，随手从包里掏出一只口罩给李娅戴上。确实，火车上人多密集，空间相对封闭。她可以跟方源共命运，可不能跟这么一车的陌生人同呼吸。方源开了一句玩笑。

李娅刚回到单位就被林晓晓拉到了卫生间，她告诉李娅，不用到年底，就可以调到资料室了，下个月会有人接替她的工作。林晓晓，单位人称"万事通"。正像她的名字一样"无事不知，无事不晓"。李娅听人说过起名字是很讲究的。名字和人的性格命运也有一定的关联。比如她的一个姨母，半辈子辛劳，算命先生叫她把名字中的"勤"改成"琴"。并且解释道：两个字虽然同音但意思不同。前者辛劳，后来清闲。琴嘛，听琴、操琴、琴棋书画，总归就是个闲趣。说来也奇怪，自从改了名字，姨母的生活真的变得清闲了许多。她也暗中查过自己的名字。"娅"字从女亚生，很适合女孩子取名用字，好听好看，寓意也好，还对未来的运势有所帮助。这么看起来，自己莫非要转运了？林晓晓对李娅说这回还真是无意插柳，并叫李娅好好谢谢自己，要不是那天晚上的一顿饭，事情也许没有这么快解决。

李娅心里头明白，领导这么着急调整她的岗位，还是跟那件事情有关联。她手里的这项工作，需要一个高度敏感，觉悟超群的人，而自己好像确实不太适合，李娅一下子找到了塞翁失马的感觉。林晓晓啊林晓晓，你再怎么神通，也绝对不会知道事情的真相。尽管所里人背后纷纷议论她与大 BOSS 之间秘不可宣的关系，但林晓晓的人情，李娅得认。林晓晓突然问李娅："方源跟你计划过生孩子的事情吗？"李娅有些羞涩："这不还没结婚呢！"林晓晓的脸上掠过一丝诡谲的笑。

然而李娅的好运并没有到来。十天后，领导再次找到她。这一次，不是在办公室，而是单位的会议室。找她谈话的不是一个，共有三人。事情还是那件事情，但事态已经严重升级。事情起源于一个叫作"为有源头"的微博，博主发帖称：早在两个星期前某省某市某所已经获取一组异常数据，并及时上报相关负责部门。这个帖子一夜之间的关注点击率破万，引起了社会议论。根据调查，"为有源头"的博主就是方源，李娅被坐实了泄密的事实。"为有源头"已被封号。而李娅经手汇报的数据经过上级机构重新认定，结果是错误的。业务水平低下造成的错误可以原谅，因此造成社会恐慌已经构成非常严重的泄密责任，可以算得上是违法，甚至是犯罪！紧接着，训话、签字、摁手印，李娅只觉得两耳轰鸣，眼前的三个人影慢慢变得重叠而模糊起来，她拼却全身力气来支撑自己，不想让自己倒在黑影的面前。仰头，深呼吸，头却越来越晕，视线越来越模糊，直到那几个黑影变成了几只蝙蝠在她的头顶盘旋，叫嚣……

李娅暂时不能回单位工作了，闭门思过，等待上面的处理结果。一夜之间，李娅的头上生出了几根灰发。她恨方源的背叛，恨所有的一切。

就在李娅休息的几天里，各种新闻、报道扑面而来，事态也越来越明朗。李娅开始清醒，自己的数据没有错。错的根本就不是自己。方源回来了，他得知李娅的处境，却怎么也联系不了她。方源知道，这一次是自己把李娅狠狠地给连累了。

早春的 Y 市，寒意逼人。方源只身来到三里河畔的一处小岛的中心，那里埋葬着他的祖母、姑母、表妹。她们死于同一种家族遗传病。他的姑母是一个美丽温柔的女子，从小待方源如同自己的孩子。因为家族的毛病，村里没人敢娶她。恰巧村里来了位外地的年轻人，对姑母一见钟情。父亲怕姑母嫁不出去，将来是他的负担，于是跟母亲提着一篮子白糖挨门挨户去跟乡邻们打招呼……就这样，年轻人跟姑母结了婚，婚后不到两年，姑母犯了和祖母一样的毛病，生下表妹后就撒手人寰，更不幸的是，表妹五岁那年也得了与姑母一样的毛病，桃花开的时候发病，桃子还没来得及摘的时候就夭折了。姑父带着一身伤痛离开了村子，走的时候连头都没有回。很多年后，姑父寄回一封信：如果当初你们告诉我真相，我会早点带宝娟到大城市检查，不要她给我生孩子，也就不会有这场噩梦。你们瞒得我好惨！这是扎在骨头里的疼痛，只有经历过的人才知道……

方源从竹篮里取出纸烛，供果，一一供奉在坟头。火苗舔舐着纸钱，顿时一股热浪将他包裹，方源恍惚中竟有幼年投入姑母怀抱的感觉，眼泪止不住流了下来。纸钱化为灰烬，阴凉的地面渐渐有了热度。方源发现，岛上的树木抽出了绿色的嫩芽，"婆婆纳"开花了，蓝茵茵的一片。春天到底还是来了，方源的心里漾起一股暖流。跟从前一样，方源摘下几朵蓝色的小花，放到坟前。做好这一切，方源打算去找李娅。他想好了，不管与李娅的结局如何，一定要将自己的家族秘密说出来，给李娅一个真相。同时告诉李娅，他们都没有做错。他希望能和她一起走进春天，看春暖花开。

就在方源准备离开的时候，听到头顶有嗡嗡的轰鸣声。抬头望去，只见一架架银色的飞机雁阵般正向 M 市的方向飞去。阳光下，尾翼上的五星熠熠生辉。

重生 ◐

　　拐子街尽头的那家日式料理是素心经常光顾的地方。说是料理店，其实倒像一个小酒吧。素心每次去的时候，总会朝吧台看一眼，吧台后有个穿牙白色棉麻衬衣，胡子拉碴的男人。他是这家料理店的老板，可是在素心的眼里怎么看都像出海归来的渔夫。

　　素心是个有选择困难症的女人。跟着她逛街购物对于任何人来说都是种难以忍受的痛苦。这一点素心自己知道，她为此也去看过心理医生，但收效甚微。所以，素心每次来这里都永远重复同样的菜品：一小份三文鱼，一小碟海带丝，一小份日式豆腐蘑菇酱汤。这家店的菜品都分成大中小分量，这种方式很贴心，也实惠，对于素心这样单人的食客来说再好不过。

天阴阴的，铅灰色的云层看起来沉甸甸、湿漉漉，手一戳估计会滴水的。素心给梅子打了电话，明天早点来打扫，下午她要去洮江采风。洮江边上的木香花正是最好的样子。"木香花湿雨沉沉"，素心书房里挂着的那幅，就是几年前在洮江边的写意。那时候，她与泽如还没分开。要去采风的那几天，表妹姗姗正好从 N 市来她所在的城市出差。泽如说她们表姐妹好多年不见，人家千里迢迢来一回不容易，就别去了。素心说："就是两天的来回，她来了，你先帮我照应一下。好不容易大家约好了一起，正好赶上木香的花期，怎么能说不去就罢？"泽如说："木香花明年还会再开，表妹却不知道下一次什么时候能来，你忘了当年两人在一起的感情了？"素心正在电脑上查找资料，随手拿起揉皱的一团面巾纸扔到泽如的脸上："我表妹，你怎就这么上心？"泽如正给素心的平板贴膜，身子一侧，贴歪了，撕开已经没有了黏性。素心叫起来："你看你看！什么事都做不好！就知道瞎操闲心！都像你——像你这样，活在别人的感受里，有没有一点自我？"

　　今天的酱汤有些咸，素心朝服务员招招手。问明情况，服务生立即弯下腰，双手托起汤碗表示去厨房重做一碗。素心撇撇嘴，她喝汤从不放盐。泽如每次煲好汤先给她盛好，然后才在汤锅里加盐。泽如大口喝汤，呼噜有声的样子让素心担忧，担心第二天早上腕式血压计上的数字又会噌噌往上蹿。"结亲访三堂，先看外婆后看娘"。早知道有高血压病家族遗传，我才不会嫁给你！这是素心常挂在嘴边的话。

服务生又端上一碗汤来，脸上挂着卑微的笑容。就在素心舀起一勺准备往嘴里送的时候，吧台后的男人已经走到她桌前，给她送来一小碗荞麦面。"从没见你吃过主食，长期这样对脾胃不好，试试荞麦面，不会长胖的。"这话就像泽如对表妹说的一样。没等素心反应过来，男人又说："老主顾了，送你的。"

荞麦面咸淡正合素心的口味。尤其是面身下还藏着一只荷包蛋。素心诧异地朝吧台看去，男人正在品茶，是一杯很醇厚的红茶。素心离开时，外面下起雨来。拐子街是步行街，不能开车，就在她打算冒雨走出去再打车的时候，男人递过一杯红茶："喝一杯。"

店里已经没有几个人，灯光也调成了暖暖的橘色。素心和男人各自托着一盏茶，隔着一张铺着手工印花的亚麻餐布的桌子，轻啜碗里的茶水，一副小心翼翼的样子。这个时候应该换个音乐才好，素心实在不知道该和眼前这个男人说些什么。"《时间煮雨》？"男人笑起来，素心发现他眼角的皱纹很深，皱纹里一定埋藏很多故事，素心想。

泽如的眼角就没有皱纹，时间对他好像格外地仁慈。一起生活了这么些年，除了微微发福外，他的外形几乎没有任何变化。前几年还好，近几年他们一起出门的时候，常有人说，泽如看起来比素心年轻许多。素心不止一次地把泽如拖到化妆镜前比对，也曾为这些话翻来覆去地睡不着觉。"人家不就随口那么一说，至于吗？"泽如翻个身，呼噜声就像水冒泡一样一串接着一串，睡眠本来就浅的素心索性披上衣服走进她的画室。

　　梅子是泽如离开后，素心托熟人找来的钟点工。外地人，三十岁左右的年纪，做事快，嘴巴也快。素心一向不太喜欢人话多，这些年变得更加不愿意多开口与人交流。每天除了吃饭睡觉就待在画室里，偶尔出去散个步都是独来独往。泽如说："这不是好现象，人是群居动物，离群久了会生毛病的。你看人家宋阿姨，都六十多了，状态多好，不就是因为朋友多吗？从来没见过她闲在家里。"

　　"是说三号楼的那个老妖精啊？一脸的褶子都赛过富春包子了，还穿红戴绿的，捏嗓子扭屁股，见谁都是自来熟，呱唧呱唧也不嫌聒噪。"泽如对于素心的刻薄，早已习惯。素心哪天要是好好地跟在他后面说句暖心的话，泽如会愣上老半天在那里哑巴，素心的话里到底几个意思呢？

　　梅子刚来时话不多，一定是哪个熟人嘱咐过她，素心不喜欢多话的人。时间长了，梅子爱说话的本性就暴露出来。素心打心眼里嫌弃过，但是没办法。没有了泽如的家，就像刚刚结束的战场，狼藉一片。她甚至分不清茶杯和奶杯。梅子在素心的眼里就像是传说里的田螺姑娘，走到哪儿，哪儿就变模样。梅子工作的时候，素心就在自己的画室里，等到梅子在叫："杜姐，完工了！"素心才会打开画室的门，阅兵一样将四处浏览一遍，然后满意地点点头。慢慢地，素心倒巴望着梅子来了，两个人即便不说一句话，屋子里头有个忙忙碌碌的人，素心也感到一种心安。

今天的梅子迟到了半小时，来的时候脸上红红的，跨进门就说："对不起，临时有点事情耽搁了。"素心倒不计较，她正在收拾些不能穿的衣服，打算送给梅子。梅子到底年轻，穿上素心的衣服，转眼就变了样。她在穿衣镜前不停地来回照着，本就红扑扑的脸蛋更红了，像熟透了的柿子。年轻真好，素心一下子想起了表妹姗姗。

姑妈的这个女儿比素心小好多。每年的暑寒假，素心都要在姑母家住一段时间。那时，素心读初中，姗姗才上幼儿园。她至今都记得姗姗穿着白纱的裙子，给她表演刚学会的儿歌："你看那花园里，有一只花蝴蝶。我轻轻地走过去，想要捉住它。为什么蝴蝶不飞起，为什么蝴蝶不害怕，哦！原来是一朵小小的蝴蝶花。"蝴蝶花！素心的心里像是被蜜蜂蜇了一下。就是这只花蝴蝶迷了泽如的心，把泽如带走了，将满世界的孤独与不安留给了自己。

"杜姐，在想啥？"梅子在镜子里看到了素心有些扭曲的脸。"没啥。"素心收回情绪，重新变得矜持起来。"你心里有事，我看得出来。"梅子捏着裙摆，左顾右盼。素心没搭她话，走出了卧室。

梅子打起了电话，用的是她家乡的语言，偶尔夹杂一两句普通话。素心本没有偷听别人电话的癖好，可就那么低低的一句话，让素心竖起了耳朵。

"晚上过来吧，给你做了酸角糕哩。还有，我还买了件睡裙，粉红的……你看了就知道了嘛！"

素心知道，梅子嘴里的那件睡裙正是自己刚刚送她的。这件柔滑的丝质睡衣已经躺在衣橱里好多年了。这些年不管穿什么样的衣服，她在泽如的眼里已经看不到当年曾有的惊喜与欲望。梅子大约是熟悉了素心的习性，这时候一定去了二楼的画室，所以打电话的时候毫无防备。素心从梅子电话里得知，她在本地有个相好的，他们是老乡，跟梅子一样，为了生活，也在这城市里辛苦地做活。

梅子跟素心"交代"了一切。素心也奇怪，梅子压根就没有必要跟自己解释，自己更没必要去了解她的故事。可两个身份悬殊的女人偏偏就坐在一张沙发里聊得颇有兴致。梅子羡慕素心，在这座城市里拥有他们不敢奢望的生活。她说自己也不敢想能和这位老乡维持多久，但是至少，只要在这个城市一天，他们就会相互依靠着取暖。在这陌生的地方，没有个依靠的人，那种孤独，像素心这样的城市人是无法理解的。素心的心像被只小手牵拉了一下。梅子离开的时候是欢天喜地的，素心知道，那是因为她的生活中还有期盼。可自己呢？素心突然想起了拐子街的料理店，想起那个有故事的渔夫。

再到洮江，是她与渔夫在一起。洮江边上的木香花开得正好，就像书里那张照片上的一样。那本书，那张照片，素心还保存完好。那个晚上，她跟渔夫在满院的木香花下聊到很晚，回房间的时候，渔夫从后面抱住了素心纤细的腰肢，素心没有转身。

姗姗不是个坏女孩，静下心来的素心想到。那次她在踏上洮江的东堤时，姗姗正好踏进她的家门。听说那天的晚饭是姗姗做的，色香味俱全。素心回来的时候，泽如一直夸赞姗姗的能干，两只不大的眼睛直冒光。那时的自己正在阳台的吊椅里喝着姗姗带来的明前"绿杨春"，泽如泡好亲自端到她的手里。姗姗在二楼给她整理完画室，下来的时候，灰头土脸。她一边除去胳膊上的套袖，一边感叹素心的画室就是一个垃圾中转站。素心笑着，不争辩，惬意地摇晃着椅子，目光移向窗外。窗外一片洁白的月光，淡淡柔柔，如水一般。

泽如在一旁晾晒刚洗的衣物，都是素心回来换下的。就在泽如捏着素心那条红色内裤又甩又抖的时候，姗姗冲了过来，一把夺过："像什么样子嘛！"

"人不大，倒挺封建的！"素心哈哈直笑。

"看你把我姐宠成什么样子了？"姗姗一边说着，一边将手里的内衣挂了出去。泽如在一边嘿嘿直笑，像个傻傻的孩子。姗姗在的这一个月里，家里随处都是泽如和姗姗的说笑声，隔着画室，素心都能听得见。

素心发现他们的暧昧是在姗姗离开后大约半年的时间。那晚，泽如依旧在厨房给素心做饭，手机就放在餐桌上。紧闭的拉门和油烟机的轰鸣声使得泽如无法听到手机的声响。素心就在这时看到了屏幕上姗姗发来的短信。

"吃了吗？"

"刷碗了？让她分担一点。"

"想你了。"

连续三条。姗姗口里曾经的姐姐已经变成了陌生的"她"。不仅如此，还怂恿泽如让自己分担家务，这不是挑拨他们夫妻是什么？素心的心狂跳起来，她好想拉开门，把手机朝正在灶台上忙碌的泽如砸了过去。忙什么呢？做这些样子给谁看呢？可是她没有这么做，只是没有再吃泽如做的晚饭，没有再跟泽如睡在一张床上。

素心坚信泽如一定会向她解释与姗姗的关系，然后更加努力地讨好自己，就像刚结婚时的誓言：在素心的面前，泽如愿意做一只蜷伏在脚下的小狗。事实也是如此，结婚多年，泽如一直践行自己的誓言，从没违背素心的意愿。

素心不愿生小孩，泽如顺从她。素心不愿将泽如的父母从边远的山区接过来，泽如依旧顺从她。这么重要的选择，泽如都服从了自己，而一个姗姗，一个在自己家中只住了近一个月的女人，却可以让泽如变得如此决绝。素心那颗高傲的心被击得粉碎，碎片留在自己的身体里，割据着她的每一根神经。

她不得不回想自己与泽如的过去，当初她为了泽如选择了离家出走，在洮江边的木香花下，毅然决然地将处子之身交给了泽如。父亲气得血压升高，差点丢了性命。母亲哭诉着说精心培育了二十多年的花儿就这么被一个穷小子搬走了，连只花盆都没留下。素心很少看望父母，虽然与父母仅隔着两条街。她不想回去，听他们无休止的唠叨："猪肉又涨价了，退休金还没涨……去年的医药费还没报，今年住院又花了几千块。物业催着缴费了……电梯报修几天了，还没见修好……"还有，父母总是用各种方法暗示她："应该有个孩子，再不生就真的迟了。"

孩子有什么好？对门家经常为了孩子吵得鸡飞狗跳。好多次都把毛绒玩具，作业本，小弹弓什么的摔到素心家的门口。她家的门板上至今还留有一只小小的窟窿，想必也是对门那个顶着鸡窝头，穿着睡衣的母亲暴怒时将儿子的玩具甩出来砸的。那个母亲也知道自己经常扰了邻居，时不时在素心家的门把上挂一小袋新鲜水果，或是几杯酸奶表示歉意。至于双方是怎么达成默契的，那是泽如的事情。

泽如喜欢对门的一对小姐弟，每听到女主人近似与母狼样嚎叫的时候，他会停下手里的活，站到门后听一听动静，两道漆刷样的眉毛随着女人音频的高低一抖一抖，那神情活像是人家的母亲欺负了自己的儿女一样。遇到动静大的时候，他会把对方的门敲开，顶着鸡窝头的母亲一脸的尴尬："不好意思，又吵着你们了。"泽如摆摆手："没有，没有，我怕伤着孩子。孩子小嘛，慢慢来。"

素心不让泽如干涉别人家的内政："又不是后妈，你还怕她把孩子打死？搞得自己好像孩子的爸爸一样。"泽如听了，半天没有开口。后来素心把这事当笑话跟母亲讲过，母亲就此叹了口气。素心从此就不再过问泽如与对门的互动。转眼两个孩子都长大了，泽如常站在阳台上看对面阳台上姐弟俩晾晒的红领巾，动也不动。

梅子再来的时候，跟素心的话多了起来。素心也不怎么排斥梅子的饶舌。那天，梅子突然说要帮素心打扫工作室。素心的画室从来不让人打扫，姗姗那次除外。素心犹豫了一下，还是将梅子带进了二楼的画室。

画室是两间卧室打通改建成的，外带一只宽敞的阳台。阳台的门半掩着，低垂的窗帘将阳光隔开，一束光影从门缝中斜照进来，静静地涂抹在半壁白墙上。画室内不是很脏，却很凌乱。画笔与调色盘随处可见，墙角处，是素心还未完成的画，那是一架木香花，翠绿的枝叶，洁白的花朵，一串串，一团团，密密匝匝。梅子刚进画室的时候，眼睛都不知道看哪里。画画儿用这么大的地方啊，真是浪费！她不由得想起了自己的蜗居，一间不足六平方米的地下室，只能安下一张狭窄的钢丝床，老乡每次来时只能坐在床上，两只脚交叉盘着。她紧挨着他，看着他大口大口吃面的样子。进入这么大的房间，梅子不觉想象起自己跟老乡在暗红色的地板上从这边滚到那边的情景，一时间面色绯红，直到素心用胳膊捅了一下自己。

梅子边收拾边看素心的画。她很好奇，为什么素心的这些画里都没有人。素心暗笑她的无知。

"我画的都是山水和花卉。"

"画上人就不行吗？"

"为什么一定要画上人？你以为那是你们家挂的年画啊！"

"年画有什么不好吗？你画的这些画儿吧，看得人心里空落落的，不踏实。"

梅子嘟囔着，手脚并不闲。等到她走近那幅木香花的时候，又问道："这是不是雨里的花儿？"素心感到意外，梅子说看这花的叶子这么翠，这么亮，花朵儿这样白，不是雨洗过哪能这样啊！素心看着她，不知怎么的，就想到了姗姗。

再去洮江的时候，木香花期快要过去。那晚，她和渔夫住在了一起。素心不出声，任凭渔夫在她瘦弱的身体上碾压、辗转。渔夫的喘息声和木板床的咯吱声在寂静的夏夜显得格外清晰。风平浪静之后，素心让渔夫回到自己的房间，她睁大双眼，看着窗外的月光。她又感觉到了木香花的香气夹杂着清凉的夜色从窗缝中渗了进来，又慢慢地渗进了自己的内心深处。

在素心的坚持下，渔夫让她检阅了料理店的后厨。厨房里所有的汤料和食材都是事先准备好的。放在一只大冰柜里。前台只要下单，厨房立即取出来加热。这让素心感到有些失望。从前的泽如每天都会去菜场，哪怕是冰天雪地也从不间断。素心最喜欢吃泽如给她煨的素面。泽如亲手擀的，两寸来长，衬几片娃娃菜、菠菜或是鸡毛菜，那个鲜美的味道素心至今形容不出来。素心一直以为这就是一碗普通的素面条，后来还是姗姗告诉她，面汤是泽如用大骨头熬成的清汤，放入香芹、鸡枞菌、松茸慢慢调出来的。素心喜欢清淡，泽如从不大火浓汤。那晚上虽然是渔夫亲手给素心煮了荞麦面，可素心还是没有吃出当初这样的味道。

一个雪后的下午，渔夫打来电话，约素心在市中心一家酒店的空中花园谈一件十分重要的事情。素心知道那个酒店，金碧辉煌，宫殿一般。素心去过一次，让她印象最深的是酒店大堂香水的味道，和两侧屏风上大团的牡丹。渔夫带来两个人，要跟素心做商业化合作。素心是一个孤独的画家，尽管她的画风像极了某位大师，而且品位不俗，但是买她画的人却很少。渔夫看起来为素心花了不少心思，只要素心愿意合作，她的画不愁卖不出去，而且价格不会太低。整个过程，渔夫说了很多，看得出他为了素心极力迎合那两位画商。素心不怎么讲话，只是看着雪霁后的天空，蓝澄澄的样子。合作没有谈成，这让渔夫有些不解，怎么画都是画，何必这么较真？

泽如给素心打过几次电话，都被素心挂断。后来，素心干脆把泽如的电话号码拉进了黑名单。素心更不愿意回去看父母了，以前没有孩子，还有泽如，现在她什么都没有了，面对着父母，她不知道该说些什么，也不想让年迈的父母难堪。

梅子告诉素心，她在另一个主顾家中看到了跟素心一模一样的画，趁着打扫的空档用手机拍下了照片。听那家主人说，那是他花高价从别人手里买来的名家作品，几个朋友围着这张画看了好半天，个个称奇。素心好奇地拿过梅子的手机，照片里的那张就是自己的山水图，落款却是一位著名的山水画家。

素心走进了石鼓桥下那间风雨画廊，发现有几幅自己的画果然被注上名家的头衔，右下角标签上的价码自然也比自己卖给画廊的高出好几倍。素心找到了正在装裱一幅草书的老板，请他就此罢手。老板说这世间流通的所谓的名家字画有几个不是这么来的。他也是刚刚试着给素心的作品改头换面，看看行情。行情好了，都可获利，这还是受了素心朋友的委托。

素心却决定不再卖画给这个画廊。

在梅子的指导下，素心也慢慢学会做一些简单的饭食，她已经好长时间没去料理店吃饭了。素心时常感叹梅子的能干，梅子笑了，就这么点家务活难不成还比画画难！梅子跟素心说的最多还是那个老乡，素心问他们之间究竟有没有爱情。梅子脸红了，什么爱情哦，就是两个人在一起可以说说家乡话，敞开心说说在这个城市里只有他们自己才能体会的感受。老乡爱吃梅子给他做的鸡蛋面还有酸角糕。梅子则喜欢听老乡在风清月白的夜晚为她吹葫芦丝。梅子说这些话语气很平和，素心还是在她的眼里看到了动人的光彩。

梅子每次来都会给素心带来外面的消息："全城最大的购物广场开业了。开业那天优惠活动，你没见那人山人海的样子。城北的新楼开盘了，才几天一下子卖出了几百套房。还有那个什么马拉松赛，男女老少一起在大街上跑，跟的人比跑的人多，那个壮观啊！你是没瞧见，多带劲啊！杜姐，你说，这城市里要都没了人，会是什么样子的？"

素心正在喝茶，一下子就呛住了。梅子这次来告诉素心，前天老乡带她去了城西的一个风光带。那是个特别漂亮的地方，天是蓝的，水是绿的，空气是甜的。就在老乡指着远处一片香雪海的时候，梅子惊喜地发现，那竟是素心画笔下的木香花。那天的梅子特别激动，她竟撒娇般地约素心一起去看看，素心可以带着她的画板去。"不是只有洮江才有那么多的木香花。"梅子说道。

素心来到那片木香花下，层层叠叠，如雪如瀑。微风吹过，清香袭来。洮江边的木香与眼前的木香慢慢重叠在一起，梦幻一般。素心觉得快要沉醉了，所有的过往竟在这一瞬间随风飘散，就像此刻明朗的天空。

梅子朝着人群那边走去。素心选了一处安静的地方，支撑起她的画板。一时间，她竟然发现自己无从下笔。舒缓的音乐声响起，素心看见一群衣着鲜艳女子随着音乐舒展身姿。这一刻，她没有像从前讥笑宋阿姨那样，相反，她倒觉得这也许才是生活应有的模样。梅子在那群人当中朝她挥手，虽然看不清她的神情，素心却能感觉到她内心的热切与欢腾。

有个母亲带着两个小孩在放风筝，这让素心想到了对门鸡飞狗跳的母子，不觉哑然失笑。母亲将线板握在手上，仰着头顺着风向小跑，风筝线在她手里忽收忽放，收展自如。那只张开五彩斑斓大翅膀的蝴蝶就在她的手里忽高忽低，自由自在。母亲在前面跑，孩子们在后面嬉闹着，不一会儿，母亲将手里的风筝线递到孩子的手里，她低着头，仔细地将风筝线绕在孩子的手中，然后轻轻拍了一下孩子的小屁股，孩子别过头向前跑去，蝴蝶就在母子三人的牵挂下冉冉上升。

太阳西沉，慢慢地坠入在湖心，游人也渐渐散去。素心的画笔还没有停下。梅子站在她身后，静静地看她在画板上描绘：曾经满幅的木香此刻已经成为远景，虽是朦胧一片，但风格依旧。木香花下，是一群舞动的光影。近处，放风筝的女人，仰着并不年轻的脸庞，眼里流露出满足的神情。蝴蝶被素心放大了，它拖着一根长长的线，在碧蓝的天空俯瞰那丛丛茂盛的木香花。素心画完最后的一笔，渔夫给她打来电话。南湾公园要举办一期女子画展，想要素心的几幅画参展。素心说："有一幅刚刚完成。"

南湾公园，题为《放风筝的女人》的油画成了画展的焦点。很多人想要买下，给出的价格一个比一个高，素心却不为心动。那个晚上，素心做了个梦，梦见自己又回到了童年。也是一个木香花开的季节，一对年轻陌生的夫妇把她从高阿姨的怀里将她接走，就这样一起生活了三十年。

儿童节那天，素心带着这幅油画，平静地踏进阔别三十多年的儿童福利院。这幅画后来就挂在童年曾经住过的那间屋子里。那间小屋早已经改造成宽敞明亮的儿童阅览室。

福利院不再是往日的模样，唯独没变的，是窗外的那架木香花。

后记：花未全开月半圆 ☽

　　这是继《凤栖梧桐》后的第二部短篇小说集。也是我创作七年来的第四部出版书籍。本来是不打算写后记的，因为已经有了前面的自序。怕累赘，多余。后来想想还是写了。确实如人所说：凡事都要有前有后，有始有终。尤其是中国人，"礼多人不怪"。讲究的是一个圆满。《我不是嫦娥》作为一本书，在形式上它是完满的。在这里感谢所有支持我的朋友们。但是就一部文学作品而言，它还是有欠缺的。正如"花未全开月半圆"，虽然不算完满，但是作为一名业余写作者，自己的内心又是满足而欣喜的。也许正是因为生活中的许多不完满，不如愿，所以人生才会有期许，有憧憬，有下一段更远的征程。每个人都有过自己的梦，我亦不例外。我曾经的梦想是做一名律师，敢为正义发声，愿为弱者呐喊。我也曾想过做一名戏曲演员，在舞台上演绎人世间的爱恨情仇，离合悲欢。可惜这两个梦想都没能实现，多少有些遗憾。所幸的是，人到中年的我与文学相遇，终能用文字圆了自己的梦。因为在文字里，我一样可以发出正义的声音，悲悯着苍生的命运。正如一首歌所唱：幸福着我们的幸福，忧伤着自己的忧伤。感谢生命，它让我经历四季轮回。同世间所有人一样承受幸福与苦痛，接纳拥有与失去，走过曾经，翘首将来。这是生命该有的历程，生命也因此丰沛而平等。高贵的，从来都是值得尊敬的灵魂。我是冬至这天出生的。所以，我喜欢冬天，我感谢父母在朔风起、万物藏的时节将我带到这人世间。父亲说他当时守在产房外，读完当时风行一时的长篇小说《海岛女民兵》后，天光初亮。同时，我也来到这个世界。父亲为我取名"颖"，寓以聪慧之意。可惜未见聪慧，却锐如麦芒。从来不知如何守拙藏巧，连眼睛里都住着自由的风。年轻时如此，如今也一样。因为我深知：守真比隐藏更高贵。做人如此，写文章也应一样。出版这本短篇小说集时，有人指点我，不要再写短篇了。要写还写长篇。因为有些文学奖只限长篇小说、散文集、报告文学、诗歌，不设短篇小说集。这些我都知道。我的初心不是冲着某个奖项去创作的。我是因为喜欢，因为爱。这样的理由简单而纯粹，美好亦超然。这十三短篇故事都不算长，也没有惊天动地的大事，就如老邻居一样话着家常。可喜的是，其中有八篇被省级期刊录用，有两篇上过头条。这是衡量作品质量的标准，也是对我创作能力的肯定。它值得我在此有些骄傲地带上一笔。如果一定要我说有哪些亮点，我只能说我用我的视角，我的价值观，我所理解的文学写出了生活应该有的模样。

　　　　癸卯初夏于汪曾祺少儿文学院